U0020539

眠る盃
女兒の道歉信

向田邦子・著
張秋明・譯

目次

1

被踩扁的紙鶴 9
織金錦緞 14
沉睡的酒盅 19
「啊！」 23
伽俚伽 26
啃東西的習慣 30
晚上的體操 34
首相 37
沒有寫字的明信片 41
檜木軍艦 45
能州風景 48
B棟二號 54
茲魯的赫 57

再談「茲魯的赫」 61
父親的氣球 66
藍色的積水 70
女兒的道歉信 74
愛貓成痴 78
六十公克的貓 83
馬米歐伯爵大人 86
隔壁家的狗 87
狗的銀行 90
味醂魚乾 95
夢幻的醬汁 99
水羊羹 103
穩重之美 107
一本書 110
國語辭典 114
勝負服 117
人偶的衣服 122

敷臉的心理學 124
抽屜之中 130
騎兵的心情 132
恩人 135
背影 140
一場敗仗 144
Chonta 148
小旅行 153
鹿兒島感傷之旅 156

2

同行二人 169
劇寫——明治大正文學全集　篠山紀信 173
雷、柳家小、布拉姆斯　巖本眞理 177
留白的魅力　森繁久彌 184

男性鑑賞法 188
宮崎定夫 192
岩田修 196
武田秀雄 200
結城臣雄 204
水谷大 208
倉本聰 212
小栗壯介 216
尾崎正志 220
根津甚八

3

中野的獅子 227
新宿的獅子 237
銀行前面有隻狗 248
香港腳武士 255
橡皮擦 266

結語 270

1

被踩扁的紙鶴

前不久的晚上，我在銀座宴客。

聚會將近尾聲時，下起了一場大雨。因爲與會的多半是長輩，我主動幫忙叫車，卻忘記把自己也算在裡面。

我謊稱自己還有事要處理，裝著笑臉送走了兩、三輛車後，已不好意思重新叫車，只好當作懲罰自己的粗心大意，混在趕著回家的夜店女子行列裡，在雨中搭地鐵回去。

熱心招呼別人，回過神來才發現自己一個人被拋下，這種情形並非第一次。

小學一年級上勞作課時，不對，當時並不叫「勞作」，而是「手工」。上手工課時，老師教大家摺紙鶴，因爲我從小就跟祖母一起生活，摺紙對我來說輕而易舉。講台上的老師還沒說完摺法，我就已經摺好跑去偷看其他同學了。當時許多孩子都不會摺，有的人還因爲弄不清摺法，急得都快哭了。明明沒人求我，我卻跑去左鄰右舍幫忙摺紙鶴。由於是別人的東西，在吹漲紙鶴身體時，我還特別留意不讓口水沾溼紙鶴的屁股。結果當老師宣布「摺好的人拿在手上舉起來」時，我才發現自己桌上的紙鶴不見了。

紙鶴掉到了地上。

不知道是自己還是別人踩的，我的紅色紙鶴潰不成形，上面還有波紋狀的髒黑鞋印，不管我再怎麼努力吹氣也無法恢復原狀。

同學高舉著我幫他們摺好的紙鶴時，我只能忍著想哭的心情，重新再摺一隻。全班就只有我沒摺好。

直到今天，我都還記得那間只待了一學期的宇都宮西原小學教室，那位穿著長褲、姓生沼的女老師，以及自己當時擔心「怎麼辦？來不及了」的焦急心情。從那時開始，被踩扁的紅色紙鶴似乎就成了我的象徵。

現在如何我不太清楚，但以前在女校做健康檢查可是一件會引發騷動的大事。一群緊張兮兮的女生依序被趕進保健室，脫光上衣量胸圍，讓坐在屏風後面的校醫診察。但小女生不是嘻笑打鬧就是扭扭捏捏，不肯就範，天生急性子的我總是率先脫去衣服，獨自一人裸著上身。

我身爲班級幹部，總忍不住照顧起其他人，不是幫同學解開纏在鈕子上的辮子尾巴，就是拾起連同內衣一起脫下的眼鏡。但光著上半身實在不好走動，我自詡穿脫衣服動作快，便將一度脫下的體育服再次穿上。偏偏就在這時最嚴厲的生活禮節老師走進教室，所有人都裸著上身，只有我一個人穿著衣服，於是遭老師斥責：「妳還在拖拖拉拉什麼！還不快把衣服脫掉！」

戰爭即將結束前，我曾在家政的縫紉課上學習縫防空頭巾。

我常幫忙母親和祖母縫東西，因此年紀雖小，縫製鋪棉的技巧已很嫻熟。我最先完成，老師稱讚我說「鋪棉縫得好，將來一定會成爲好媳婦」。一被讚美，我就得意起來，自然又犯了老毛病，開始幫起周遭人。到了在老師前面試戴成品時，我的頭皮卻一陣刺痛，好像是縫衣針混進棉花裡了，最後只有我一個人必須重做。結果紙鶴又再次被踩扁。

羞愧加上焦急，我滿臉汗如雨下，飛舞的棉絮沾黏，奇癢無比，眾人都在笑。當時只覺得與其如此，還不如乾脆被炸死算了。

當年接受我幫忙的K一畢業就嫁了人，如今已是企業家夫人。因爲空襲和搬家，我們將近二十五年音訊不通，直到最近才聯絡上。爲了我這個曾經被老師稱讚會成爲好媳婦卻始終嫁不出去的老同學，K居中做媒介紹了一個對象。對我而言，算是暌違三十五年的相親，世事眞是難料。後來我以不相配爲由拒絕了這門高攀的親事，電話中聊起往昔的同時也順便提到了防空頭巾的舊事。

K停頓了一下之後，忽然放聲大笑。她說「我還記得，連防空頭巾的花紋都還記得」，鼻塞似的聲音聽起來像在哭又像在笑。

我是家中三姊妹的老大。

或許我從小說話就很老成的關係吧，別人總說我是能幹的千金，二妹是漂亮的千金，小妹則是可愛的千金。被人稱爲千金，聽來像是什麼大家閨秀，其實父母雙方都跟豪門扯不上邊。外人對兩個妹妹的稱呼還算符合事實，但我的部分只能說是錯看。

女人還是不要被稱讚「能幹」比較好。一個不會摺紙鶴、不會鋪棉縫法、哭著接受援助的女孩比較惹人憐愛，也比較能獲得幸福。印象中，我從不曾做過向別人撒嬌求助、優雅地梳髮、挑選各色緞帶，或讀完小說後垂淚這種少女情懷的事。

被人稱讚聰明能幹，便飄飄然地得意起來，以爲自己動作快又有效率，忙著去幫忙別人，等到回過神來，才發現自己的紙鶴不見了。

「哎呀，怎麼辦？來不及了！」不知道從哪裡傳來這個聲音。

在我內心深處的某個角落，不時會浮現那個被踩扁、有著髒污波紋鞋印的紅色紙鶴。歲月是不會等待女孩子的。如今才開始急著摺紙鶴，早已經來不及了。

（小說現代／1978．4）

織金錦緞

這大約是三十年前的往事，外祖母曾經拾獲棉被。

地點是在現今的大倉飯店到六本木的路上。外祖母牽著孫子的手走在路上，從旁駛過的大卡車因路面顛簸起了一陣劇烈的晃動，震開後面貨車廂的鐵栓，兩床棉被便滑落到外祖母面前。

外祖母吃驚地大喊：「喂，棉被掉出來了！」

卡車司機完全沒聽見，就這樣揚長而去。幽靜的住宅區沒有什麼行人，加上那天是個沒有寒風的溫暖冬日，外祖母在孫子的幫忙下將棉被搬到路邊，兩人就坐在棉被上邊嬉戲邊等待路人經過。

外祖母家，也就是我母親的娘家，是做木工的，店名叫上州屋。據說生意曾經做得很大，但當時家道已然中落，全家人住在如田螺般附在大宅院旁的三間長形大雜院的中間，我也曾寄居在那裡上大學。

「難道沒辦法通知卡車司機嗎？」我開口問道。

「汽車是靠電力耶，我哪裡贏得過啊。」生爲女人卻個性急躁的外祖母滿肚子氣地回答。外祖母一向不把手藝高超、生性溫厚的外祖父放在眼裡，嘴巴厲害又能幹，但不知道爲什麼就是害怕電力。

她嘴裡常念著「瓦斯就是電力」，小心翼翼地用圍裙擦乾手之後，才敢拴緊瓦斯開關。

送到派出所的棉被過了一定時間仍無人領取，後來成了外祖母所有。我帶著唐草圖案的包巾前去代領，一看到拿出來的棉被當場嚇呆了，居然是織金的錦緞，而且是叫人看了不敢恭維的廉價品。棉被用金銀兩色絲線包邊，中間則是桃紅色和金色的鳳凰。

「大概是妓院用的吧。」

上年紀的警察面帶同情地將棉被用包巾包好放到我背上。雖然外祖母將其中一床送給我當酬勞，那條棉被重歸重，卻一點也不暖，而且使用之後，棉絮還會逐漸移位，有些地方擠成一團，有些地方則空空如也。就像揉麵粉時，沒和好會出現顆粒；我頭一次睡到這種會結球的棉被。從側邊拆開來看，與其說是棉絮，倒像是堆積在和服袖子裡那些灰黑色的髒東西一樣。

外祖母的家，二樓有兩間房間，一樓也是。這三間看似要靠在彼此身上才能勉強撐下去的破雜院，跟這織金錦緞被實在不搭。尤其要我每天蓋著品味低俗的桃紅色棉被睡覺，更是讓我厭惡。

儘管外祖母說「不喜歡就還給我好了」，我仍賭氣不願歸還。

而後發生帝銀事件（注一）、太宰治殉情（注二）、東條英機（注三）等戰犯被判處絞刑；西式裁縫學校成立，時尚指南和夏威夷衫充斥街頭；社會上流行印刷簡陋、內容低級的雜誌和脫衣舞，〈青色山脈〉、〈銀座康康舞女郎〉等流行歌曲的旋律不絕於耳。

那是個表面明亮背後晦暗，看似豐足實則貧乏的時代。像是爲了折磨不知如何掌握現實、心虛徬徨的自己，我每晚都抱著那床怪異的織金錦緞被入睡。

或許是每天吃麵疙瘩和忙著打工的關係，儘管蓋著顏色俗豔的棉被，也激不起我任何綺思，往往一睜眼已然天亮，而棉被裡的棉絮總是擠在四個角落。如今回想，那就是我的青春歲月。

近來我和人約在飯店用餐或見面，經常指定去大倉飯店。一方面是因爲我喜歡它優雅的氣氛，一方面或許是我下意識總想在回家路上順道經過「那個地方」。

在日暖天晴的午後，從飯店搭乘計程車去六本木，經過那個轉彎處時，我常常得按捺住交代司機先生「這裡請開慢一點」的衝動。

外祖母就是在那裡拾獲了棉被。

身為女人，祖母活過的七十四年歲月不能說是很幸福。但她嘴巴雖然不斷叨念，卻從不埋怨訴苦。在那個糧食不足的時代，對於寄居在她家白吃白喝的我，她也始終沒有面露難色。我彷彿能看到她在冬暖陽光下將拾獲的棉被攤在路邊，端坐在上和孫子嬉戲的畫面；也能看到站在後面，身穿黑色軋別丁（注四）裙和修改過的父親白襯

注一：一九四八年發生於東京帝國銀行，歹徒假扮衛生局人員毒害行員之搶劫事件。

注二：太宰治（1909-1948），小說家，一九四八年六月十八日深夜與崇拜他的女讀者山崎富榮跳玉川上水自殺，享年三十九歲，留下《人間失格》等作品。

注三：東條英機（1884-1948），第二次世界大戰期間任日本首相及軍閥，發動侵略亞洲、中國等戰爭，並策動攻擊美國珍珠港，成為甲級戰犯。

注四：做外衣等的斜紋防水布料。

衫，女學生模樣的我。

外祖母十五年前過世了，我在學生時代生活過的那三間大雜院也已拆除，改建成寬闊的馬路。如今七十高齡的母親，容貌則越來越像我腦海中的外祖母。

（小說新潮／1978．1）

沉睡的酒盅

我常記錯別人的名字或說過的話。

像我就老是將畫家莫迪尼亞尼（注）記成莫尼迪亞尼。我知道自己會弄錯，也知道他的暱稱是莫迪，全名自然是莫迪尼亞尼；可是一看到他特有的長臉女性肖像畫，不免又擔心自己念錯，因此人前我總是盡量不提這位畫家的名字。

東京有個叫「札之辻」的地方，妹妹卻以爲是「辻之札」。如果我突然問她「到底哪個名字才對」，她翻著白眼認眞想了許久，最後還是會回答「當然是辻之札啊」。

我這個妹妹小時候曾將「別哭呀，小鴿（kohato）」唱成「別哭呀，番茄（toma-

注：莫迪尼亞尼（Modigliani,1884-1920），義大利畫家及雕刻家，九〇年代於巴黎發展出一種獨特的繪畫風格，作品充滿高貴氣息、吸引人的曲線，及一種令人印象深刻的理想化女性魅力。

to)」。我記得自己曾糾正她說「番茄怎麼可能會哭嘛」，結果把她弄哭了。

其實我也沒有資格說大話。

小學時，我曾經學過一首奇怪的歌：「樓……樓……樓呀寶」。因爲不知道「樓」是什麼意思而跑去問祖母，祖母告訴我「大概是一個姓樓的老人吧」，她還說寶是指小孩。長大之後，我才知道那是一首有關划船的英文歌。

Row row row your boat

或許是祖母的關係，偶爾聽到這首歌時，我的腦海裡總是浮現老人和少年對坐划船的情景。

眾所周知，〈荒城之月〉是土井晩翠作詞、瀧廉太郎作曲的名作，我卻盡量不在人前演唱，因爲有個地方我老是唱錯。

「春宴高樓賞櫻花」。

第一句還好，之後就不行。

我會唱成「沉睡酒盅月影斜」。

正確的歌詞是「傳盃勸盞月影斜」，不知道爲什麼我就是會唱成「沉睡酒盅月影斜」（注一）。

小時候，我們家算是常有客人來訪。擔任保險公司地方分公司經理的父親參加晚宴夜歸時，總會帶著客人回家。

一接到父親來電說「待會兒要帶客人回家」，我就得幫忙祖母，負責將香爐裡的香點上。那是一個造型優美的薩摩燒（注二）香爐，清香的氣息經由走廊，甚至會飄到我房間。老實說在我心裡，〈荒城之月〉的第一段歌詞早已變成「春燃香爐賞櫻花」（注三）。

不久，喝得頗有醉意的客人到了。父親興高采烈地招呼著，母親捧著燙熱的小酒瓶、穿著白襪套在走廊上來回奔忙。

客人們終於回去了，祖母開始收拾專門給客人用的火盆，我則跑到客廳偷吃客人剩下的壽司和小菜。偷吃被發現肯定會挨罵，但不知道爲什麼，吃剩的小菜全是醋溜章魚片。

注一：「傳盃勸盞」（meguru sakazuki）和「沉睡酒盅」（nemuru sakazuki）的日文發音很相近。

注二：日本鹿兒島縣產之陶瓷器總稱。

注三：「春宴高樓」和「春燃香爐」的日文發音都是「harukoro」。

身爲主人的父親已經醉得不省人事，直接拿坐墊當枕頭呼呼大睡。母親幫他蓋上了毛毯，那是一床駝色的毛毯。此時，父親餐盤上那雙熟悉的黑色漆器筷子旁邊，總是留下一只喝剩的酒盅。

酒和水不同。我是在這時才得知酒晃動時要比水來得遲緩沉重。或許在我的眼中，酒和酒盅看起來都沉睡了。

天上月影未嘗改，
人間世態幾更迭，
欲照河山猶熠熠，
嗚呼荒城夜半月。

每次唱到第四段，我心裡都千頭萬緒。因爲此刻我心中唱的歌詞是「柔弱月」（注）。

（東京新聞／1978・10・9）

注：「夜半」和「柔弱」的日文發音都是「yowa」。

「啊！」

公車裡很擁擠。

那是二十年前的往事了，當時交通工具較少，乘客穿著厚重的冬衣，印象中家裡和街上都比現在寒冷許多。人們身上臃腫地套著暗色大衣，早晚都殺氣騰騰地在尖峰時間的公車裡搖晃著。

那天早晨，我連公車的吊環都抓不到，只能夾在左右推擠的人群中讀著週刊。我在推擠之中正準備將對摺的週刊翻頁，突然聽見一聲「啊！」。

聲音的主人是一名穿著黑色學童制服的低年級小學男生，他被擠在我胸前的位置，嘴巴微張，帶著懇求的眼神看我。原來週刊的另一面刊載的是漫畫，少年還沒來得及看完漫畫，我就要翻頁了。

爲了讓少年看完，我隨著公車左搖右晃了一會兒。少年的視線慢慢追著漫畫上的對白，還讀出聲音；快要讀完時，他再度稍微抬起眼睛看我。

公車裡稍微空了一些，少年準備在下一站下車，但他似乎忘了帶月票，不停掏著口袋，顯得很困惑。

「忘了帶嗎？」我一問，他看似生氣地點點頭。我從零錢包掏出車資（忘記是十圓還是十五圓）塞進少年的手裡，少年緊握零錢隨車身晃動著，臉卻始終望著窗外。直到快下車時，他突然抽出胸前口袋裡的紙捲紅蠟筆，默默地伸到我面前。那種筆撕開外圍的紙捲就能露出筆芯，在當時算是很新奇的文具，大概是他父親還是誰送給他的吧，才用了約十公分。

我偷偷地從車窗望著他背著黑色皮革書包，往四谷行道樹下奔走的小小身影。

我還記得自己將那枝少年視爲寶物的紅蠟筆收在專門保存貴重物品的巧克力鐵盒裡，但之後卻不見蹤影了。

就在最近，我認識了一個帶著小狗散步的少年。

少年年約七、八歲，手上牽著一隻黑色小狗，大概是混了㹴犬之類的雜種，十分可愛。少年似乎也很以這隻狗爲傲，他大概也發現我很想開口讚美他的狗，故意放慢腳步。少年雖然生性害羞，其實很希望別人稱讚他的狗。

「牠叫什麼名字呢？」我一問，少年便撫摸黑狗的頭輕聲回答：「昆塔。」

那大概是根據電視台所播出廣受好評的黑奴迫害史《根》劇的男主角昆塔．肯特所命名的吧。由於我所居住的公寓不能養狗，通常只能靠別人家的狗來排憂解悶。之後我又和這名少年及小狗昆塔見過兩、三次面，少年告訴我他正在教昆塔坐下、還有牠最愛吃餅乾等等的事，也讓我跟他們一起玩。

過了不久，我又遇見少年。

這天他沒有帶狗。我正打算問他「昆塔長大了些吧」，少年突然大聲「呸」了一下，滿臉厭惡地吐出舌頭，接著就跑走了。

小狗或許死了還是被別人抱走了，總之已不在少年身邊。之後再看到少年，他總是悶悶不樂地在路上走著。

只有這種時候，我才會惋惜自己沒有孩子。

（東京新聞／1978．12．14）

伽俚伽

當我提出又想養貓時，父親表示反對。

「我的小鳥和金魚該怎麼辦？」他說。

我很怕小鳥和金魚。或許金魚生活在水中，很難讓我移情；我也不喜歡小鳥停在指頭上時用嘴啄食的模樣，和牠那由下而上翻起的眼皮。還有，之前飼養的黑貓「阿祿」才剛過世，就擺出「這次輪到我了」、立刻買金絲雀和琉球金魚回來的父親也叫人生氣。

看著父女倆僵持不下也不是辦法，母親居中調停提出了談和條件。

貓的名字必須由父親來取。

一旦貓偷吃金魚，我必須賠償父親損失並請家人吃生魚片；貓若偷吃小鳥，也必須賠償父親損失並請家人吃烤雞。

賠償父親損失我還能理解，請吃生魚片和烤雞就覺得有些低級了。偏偏父親就是喜歡這種低俗的品味，我如果不答應就壞了母親居中調停的美意，只好勉爲其難地接受。

小貓是剛出生三個月的暹邏母貓，長得很漂亮卻很神經質，纖瘦的身軀總是害怕地微微顫抖。

「簡直就像是長頸鹿的小孩嘛。」

父親說得沒錯，就貓而言，牠的脖子的確太長。由於父親的性情古怪，一開始又反對養貓，我擔心他會將貓取名爲「長頸鹿」，當晚連忙殷勤地幫父親斟酒討其歡心。

隔天一早，父親列出了兩個名字讓我選

Condominium

伽俚伽

Condominium 是「共同所有」的意思。名字那麼拗口，何況付給照顧小貓的獸醫的禮金全是我出的，就算是親生父親也該明算帳，自然敬謝不敏。

剩下的就只有伽哩伽了。

這個名字我聽都沒聽過。根據父親的說明，她是十六羅漢中唯一的女尊者。父親一向都是現學現賣的人，我雖然覺得不太可信，但這名字聽起來倒也不錯，就決定用了。

還好伽哩伽既不偷吃小鳥也不覬覦金魚，頗受到家人寵愛，和父親也處得不錯。反而是身為貓主人的我和父親吵架，鬧到離家出走。

我只帶了一些貼身衣物和並非共同所有的伽哩伽離開家門，那天是東京奧運舉行開幕典禮的日子。

我帶著貓，坐上房屋仲介的車去青山一帶找房子時，開幕典禮正好開始。全日本民眾都盯著電視機不放，卻有人因為和父親吵架離家出走忙著找房子。房屋仲介的車從青山的大馬路開進小巷子，我心想這種地方居然也能蓋公寓時，國立競技場竟出現在巷子盡頭的正下方。

「這裡可以說是日本第一的頭等席呢！」房屋仲介老兄一臉得意地對我笑。

當我看見高舉著火把的選手以穩健的腳步衝上聖火台點燃聖火時，莫名的淚水忽然湧出。

是因爲對奧運感動，還是因爲離開了居住三十年的家而感到感傷，連我自己也不清楚。

後來找到的住處在霞關。

一個月之後，在母親的死命拖拉之下，父親才來看我的新居。伽俚伽可能是太過興奮，發出生氣般的嘶吼聲，不停在父親腳邊磨蹭打轉。父親只是一語不發地撫摸著伽俚伽的背部。

七年之後，父親過世了，伽俚伽至今仍健在。牠纖瘦的身軀日見豐滿，修長的脖子也變得粗短，長頸鹿的小孩果然如其名地成了羅漢身。這隻貓竟也變成父親留給我的遺物之一了。

（東京新聞／1978·6·8）

啃東西的習慣

我有啃指甲的習慣。

孩提時代，不只是指甲，連袖口到賽璐珞墊板都難逃被啃的命運。三角尺、分度器都因爲咬痕凹凸不平，害我常得向坐在隔壁的同學借。甚至連借來的三角尺都不小心啃了下去，把同學給氣哭。

最容易啃的要算是鉛筆頭。

如果是附橡皮擦的那種，既不好啃，味道也不好，我通常敬而遠之；外面上了塗料、會在口中留下藥水味和顆粒感的，我也不喜歡。有一種筆，我忘了是哪家公司製作的，筆身幾乎是乾淨的白木，一咬下去會有種躺在鋸木場晒太陽的味道。

儘管父母曾告誡說「長大以後唇形會變醜」，我自己也努力改正過；但已過不惑之年的現在恐怕已經沒救，這毛病大概到死也改不了。這篇文章也是在邊啃著指甲的情況下完成的。

大概是二十五年前的舊事了，我曾養過狗。

牠是個身上有黑白斑點的雜種狗，名叫「阿澎」。阿澎體型龐大，喜歡撒嬌，對主人很順從，就是有啃咬東西的壞毛病，興致一來便不知節制，看到什麼東西就咬。牠並不是凶暴地亂咬，只是咬著好玩，但龐大的身軀常嚇得陌生人驚叫逃走，阿澎以爲對方在跟牠玩而追上去，就這樣咬著人家裙子、褲腳不放。

我們在院裡立了一根大木樁把阿澎拴起來，牠卻有辦法將木樁拔起，匡啷匡啷的拖著木樁在附近遊蕩，到處啃咬的毛病依然不改。我們每次都得光著腳奪門而出，使盡吃奶的力氣抓住牠，壓著牠的頭貼在地上跟鄰居道歉，並賠償損壞的衣物。同樣的情況一再發生，不斷賠罪致歉也不能解決問題，最後家裡決定送阿澎進收容所。

阿澎是目黑一家魚販的母狗所生，後來打聽才知道那一胎三隻狗兄弟都有啃咬東西的壞習慣。

明天就要跟阿澎分離了。那天在我下班途中買了阿澎最愛吃的維也納香腸回家。因爲雨天，包裝的牛皮紙袋溼透破裂，香腸散落在吉祥寺車站的月台上。鮮紅的香腸撒落在溼答答的黑色月台上，顯得十分醒目與刺眼。我趕緊將香腸撿起，搭上井之頭線的電車。周遭的人似乎都在看我。

直到聽見一個看似母親的女人對身邊小女孩說「她會洗乾淨才吃的，放心」，我才恍然大悟是怎麼回事，內心按捺著想大叫「這不是給人吃的，是給我們家的狗吃的！牠很乖，只是明天必須送到收容所去！」的衝動。

我仔細地洗淨沾上泥水的香腸，一根一根放在手上餵阿澎吃。阿澎一邊輕咬著我的手掌，一邊晃動牠粗大的尾巴。雨水淋濕的狗身上有著一種類似味噌湯放涼的味道。

說來好笑，直到最近我才發覺自己和阿澎一樣都有啃東西的習慣。幸好我生而爲人，得以逃過被送到收容所的命運，頂多只是對自己無法上蔻丹的短指甲感到自慚形穢而已。假如阿澎不是寵物，而能像牠的祖先狼一樣自由奔跑在大自然裡，又該有多幸福呢！

另外，我剪指甲幾乎是不用指甲剪。說來丟人，小時候我連腳趾甲都是用牙齒咬斷的。

有一次我正坐在陽光普照的走廊上，用牙齒咬著腳趾甲，園藝工人突然從庭院側門走進來，嚇得我趕緊倒退，後腦勺撞到門框，腫了一個包。

相隔四十年，我試著再用牙齒咬腳趾甲，僵硬的身體卻不聽指揮，在距離還有三公分的地方便打住了，我只能暗自吞下遺憾的淚水。

（東京新聞／1979・1・30）

晚上的體操

七年前我搬到青山的公寓。

剛搬來這裡時，這附近是安靜的住宅區，公寓大樓也屈指可數；但這兩、三年，大樓卻如雨後春筍般出現，從我住的五樓窗口向外看，連天空的形狀都不再是四方形了。

或許是自己的住處沒有庭院，我常在購物的往返途中經過庭院寬闊的人家。七年來我記住了誰家的庭院種了什麼樹、哪個月份誰家開什麼花、散發出什麼香氣，這是我生活中的小小四季。

這樣的人家，有時庭木突然顯得殘敗零亂，一向擦拭得乾淨明亮的窗戶開始有了灰塵，不久遮雨窗緊閉，大門貼上搬遷的告示。隔兩三天再經過時，原有的房屋已經拆除，土地在黃沙瀰漫中重整，接下來就是水泥灌漿搞得震天價響、山搖地動，不到半年一年，又蓋起了一幢高樓，更加壓縮了我那四方形的天空。就這樣，一個小小的四季又消失了。這一年裡，梅樹、櫻花不斷在減少，連那株我鍾愛的桂花也不見了。

因爲本來就不歸自己所有，自然也沒有說話的餘地；但近來卻有件事讓我困擾，就是我看得見別人家的窗子。如果只是看見窗戶倒也沒什麼，只是那多半都是玻璃窗，儘管無心偷窺，視線還是自然往室內移去。大家或許以爲拉上薄紗窗簾就應該看不到什麼；白天還好，夜晚可就不管用了。有時看見隔著一段距離的對門窗口出現天眞爛漫的出浴圖，反倒讓我驚慌地拉上自家窗簾。

前幾天晚上我向來訪的朋友提起此事，朋友突然收起笑容，一本正經地說：「妳可以看到對方，不就表示對方也一樣能看見妳嗎？」

我一向自詡能言善道，此刻卻只能呆愣地張大嘴巴。光取笑別人，自己拉上薄紗窗簾就以爲安全了，經常洗完澡就做起姿勢難看的美容操。這麼簡單的事，七年來我卻完全沒發現。

朋友看不下我連熱茶都無心思飲的沮喪模樣，提議幫我做個實驗，要我走到外面觀察。我告訴她怎麼開關屋裡的所有燈光後，才搭電梯下樓。

公寓前，我的房間正對面就是馬路。走了約五十公尺的距離回頭望，看見在檯燈微亮的光線下，朋友正在做體操。纖瘦修長的身體動作，隔著薄紗窗一目瞭然。想到這七年來自己出了多少醜，我不禁發出長嘆，心想今後得更加注意了。接著我突然發現朋友居然做的是收音機體操，而且每個動作都毫不馬虎，不難看出她認眞的個性。她做的是初級的收音機體操。

「夠了，我知道了。」儘管我揮手示意，朋友不知是做出了興致還是沒有看見，一直沒有停止。她那像鐵絲人偶的生硬動作，惹得我放聲大笑。

夜色中，路上行人一邊狐疑地看著我，一邊擦身而過。他們大概以爲我是天氣太熱昏了頭還是腦筋有問題吧。對面窗子裡的收音機體操還在繼續，我的腳邊傳來一陣紫丁香的芬芳。我思忖著這花香明年是否還能存續，慢慢地走進公寓。

（東京新聞／1978・3・27）

首相

卡特總統在電視裡說話。

他嘴巴在笑，眼睛卻沒有笑。我嘗試對著鏡子模仿，但我天生就一副濫好人的臉孔，只要嘴角一動，眼睛、甚至連鼻子看起來都笑咪咪的。

一轉台，畫面中出現了福田的笑臉。電視就像金太郎糖（注），不管怎麼切都會看到熟悉的笑臉。

說是熟悉，也只是透過電視認識而已，跟本人幾乎素未謀面。由於我是電視編劇，多少認識一些藝人，但也爲數有限。不用說，就連各屆總理大臣也從沒見過。

那是昭和二十……幾年的事呢？每到星期天，我就去上野的圖書館。當時剛改制新幣，加上糧食不足，人們疲於奔命只爲求溫飽。身爲學生的我，既沒有買參考書的

注：日本傳統手工糖果，長條狀的糖果切成顆粒，每一切面都能看見相同的金太郎圖案。

餘錢，還寄人籬下借住在親戚家，因此上野圖書館幾乎就成了我的書房。

那個時代的學生總顯得死氣沉沉。

穿著暗色服裝、表情陰森的隊伍，一早便排列在灰暗的建築物前。我穿著用父親舊衣修改的上衣、黑色軋別丁裙和球鞋，也夾雜在人群中。

出示學生證領到閱覽券，再告知想要借閱的書名後，接下來就是坐在寬闊的房間裡等待自己的名字被叫喚。印象中那個房間也很陰暗。

圖書館的管理員是個身穿藍色罩衫的中年婦女。

她用毫無表情的聲音叫了一聲「吉田茂先生！」（注一）

房間裡頓時鴉雀無聲。之後是椅子移動的聲音，一名瘦小的學生站了起來，全場哄然大笑。這個和當年首相同名同姓的學生，一副早已習以為常的從容態度，微聳著肩拿取借閱的書籍，經過我身邊回到自己的座位。

大約五年前，我曾在祕魯一個名為依奇脫斯的小鎮飯店裡遇見尼克森總統。

依奇脫斯是位在亞馬遜河上游的小鎮，曾經繁榮一時，甚至還建了歌劇院。如今卻是一片荒涼，十分冷清。

在小鎮唯一一間有冷氣的小飯店入口，我和同行的澤地久枝（注二）女士吃驚地面面相覷。那個站在櫃檯前笑著講電話的旅客不就是現任的美國總統嗎？那個鷹勾鼻、嘴巴，絕對錯不了。

我們頂多停頓了三到五秒鐘吧。待這亞馬遜暑熱般的衝擊散去，靜下心細看，對方似乎比美國總統矮小，身上掛著鬆垮破舊的藍西裝，坐立不安的模樣更顯得沒氣質。

結果我們認定他可能只是個長得很像的業務員。假如我沒有記錯，事後澤地久枝女士好像還曾去飯店櫃檯確認那位尼克森老兄的姓名。不愧是研究昭和史的專家，這種事是絕不馬虎的。

不過話說回來，那個人長得還眞像。

難道說美國人都是「那種」類型的長相或感覺嗎？那天夜裡，我們兩人坐在冷氣不涼的房間裡，一邊喝著粉紅色的「印加可樂」，一邊討論對方是否整過容。作爲一

注一：吉田茂（1878-1967），政治家，曾任內閣總理大臣。

注二：澤地久枝（1930-），著名報導文學作家及史學家、小說家。

名業務員，擁有一張和現任總統相似的臉，應該能提升不少業績吧。在尼克森已然失勢的今天，那名業務員或許又開始研究卡特笑容的奧妙了。

（東京新聞／1978・7・30）

沒有寫字的明信片

過世的父親是個勤於寫信的人。

我進女校的第一年，首度離開父母身邊，父親不到三天就寄一封信來。第一次見到身為保險公司分公司經理的父親慎重其事地在信封上用毛筆一筆一畫寫著「向田邦子小姐收」時，我十分驚訝。父親寫信給女兒，寫「某某小姐收」是很正常的事，只是四、五天前還過著被直呼「喂！邦子」，甚至拳打腳踢、大罵「混帳東西」的日子，突然改變這麼大，眞叫人背脊發癢、渾身不自在。

書信內容也是從一本正經的噓寒問暖開始，寫到新的東京宿舍隔間、院子裡栽種的樹木種類等等。父親還用「您」稱呼我，不忘訓示：「以您的能力而言，信中有些較困難的漢字，但有助於學習，不妨多查閱字典。」

那個穿著丁字褲在家裡到處走動、大口喝酒、脾氣一上來就對母親和小孩動手的父親消失了，取而代之的是一個充滿威嚴和父愛的完美父親。

父親雖是暴君，背後仍有其害羞的一面，恐怕不用這種客套的形式就無法寫信給十三歲的女兒吧。或許他將平常赧於付出的父愛嘗試寄託在信中也說不定。

有時他一天來兩封信，一學期的分居期間倒也累積了不少數量。我將它們用橡皮圈束成一疊，保存一段時間後竟不知去向。父親在六十四歲過世，換言之在那些信件之後，我們又繼續相處了將近三十年，而我只有在那些信中才看到父親溫柔的一面。

那些信件固然令我懷念，但若要說最讓我印象深刻的，則是那疊由父親寫上收件人，讓妹妹填上「字」的明信片。

戰爭結束的那年四月，就讀小學一年級的么妹基於學童疏散的政策被送往甲府。早在前一年秋天，就讀同一小學的二妹已經疏散到他鄉了。當時因爲么妹年紀小，家裡不忍心，就沒讓她離開父母身邊。後來三月十一日東京大空襲，我們家燒毀了，只勉強留下性命，父母心想與其全軍覆沒，不如忍痛疏散。

一旦決定了妹妹出發的日子，母親在覆蓋著黑布的幽暗燈光下，利用當時算是貴重物資的白棉布做成名牌縫在妹妹的內衣褲上；父親則是用毛筆在一大疊明信片的收件人欄位寫上自己的名字，並交代妹妹「健康的日子就畫個圈，每天投一張到郵筒裡」。因為妹妹還不會寫字。

妹妹將那厚厚一疊只寫了收件人姓名的明信片放進背包，捧著喝稀飯用的碗，像參加遠足般興高采烈地出門了。

過了一個星期，第一張明信片寄回來了，上面用色筆畫了一個幾乎要超出紙張的紅色大圈圈。根據護送學童疏散的人說明，當地的婦女會做了紅豆飯和點心歡迎他們。比起只能吃南瓜藤的東京，鄉下的生活當然要畫個大圈圈了。

然而隔天起圈圈突然變小，微弱的黑色小圈圈終於變成了×。當時疏散到那附近的二妹決定去探望么妹。

當時么妹靠在學校的牆壁上，嘴裡含著酸梅籽，一看到姊姊的身影，立刻把籽吐出來放聲大哭。

過了不久，連畫×的明信片都不再寄來。第三個月母親去接她時，罹患百日咳的么妹頂著滿是蝨子的頭，一個人睡在三張榻榻米大的棉被間裡。

妹妹回家那一天，我和弟弟將家庭菜園裡的南瓜全部採下。平常看到我們摘下太小的蔬果都會罵人的父親，這天什麼都沒說。我和弟弟將大到足以抱在懷裡、小到只能放在掌心的二十幾個南瓜在客廳一字排開。這是我們唯一想到能讓妹妹高興的方法。

深夜，趴在窗口張望的弟弟大叫：「小妹回來了！」

坐在客廳裡的父親光著腳衝出大門，就在擺放消防水桶的大門前，抱著妹妹瘦弱的肩膀嚎啕大哭。那是我第一次看見大男人放聲哭泣。

三十一年後的今天，父親已然過世，妹妹也到了跟當時父親相近的年歲。那疊沒有寫字的明信片，是誰收了起來還是遺失了，我竟一次也沒有見過。

（家庭畫報／1976．7）

檜木軍艦

我的外祖父是木匠。

他年紀輕輕就開了一間叫上州屋的店，還雇用許多師傅，一度生意非常興隆；但因爲幫人做保、受到連累而開始沒落。到我懂事之際，外祖父一家已經被迫窩在麻布市兵衛町的小房子裡，接些零星工作糊口。

外祖父喜歡志生（注）的說書、相撲，臉型也跟志生長得有點相似。他脖子後面長了一顆大肉瘤，小時候曾騙我說是「被俄羅斯青蛙的小便灑到的」。

外祖父是二〇三高地之役的倖存者。他說只要槍戰變得激烈，就有些駐防的士兵趁長官不注意，抬起腳大喊「來射我呀！來射我呀！」。

他們或許是想，即使少了一隻腳，只要能活著回去，靠著一雙手也能有一片天

注：古今亭志生（1890-1973），著名落語家，因表演方式獨特而大受歡迎，本名美濃部孝藏。

吧。或許這是外祖父自己的心情。

外祖父不善交際，但手藝一流，偏偏遇到不好的時代，正當要好好發揮工匠本事時，戰況一下變得激烈，動不動就空襲；等到了戰後，竟又開始流行巴洛克建築。遇不到中意的委託，寧願休息半年不上工的外祖父，到了晚年也必須拋掉年輕時的傲氣，在家門口的廢墟蓋間簡陋木屋接些零星的木工維生。我曾在這時期寄住外祖父家三年，總是心酸地看著他沉默而一絲不苟地刨製暖桌腳架等零件。

當時有一個美國少年常跑來看外祖父工作，他年約七、八歲，戴著棒球帽，一頭金髮。由於美國大使館就在後面，他大概是住在那兒的人吧。外祖母利用廢墟闢了一塊草莓園，少年總是小心翼翼地穿過草莓園，默默地坐著凝視外祖父操作刨刀的手勢，直到傍晚才走。在少年前面的晒衣竿上，外祖父的衛生褲迎風搖擺，我經常帶著些許嫉妒的心情望著他們。

也不知道他們是怎麼溝通的，外祖父做了一艘軍艦給少年。說是軍艦，不過是參加過日俄戰爭的勇士所做的那種小玩意兒。形狀是曾在日本海海戰登場的古老造型，不過作工很精細，全長兩尺，檜木製作，沒有用到一根釘子，全靠手工接榫而成。雖稱不上威風凜凜，但樸拙的味道令人感覺溫暖，土氣中透著威嚴。我還記得自己站在剛完工的外祖父身邊，心想那艘軍艦送給少年實在太可惜了。

過了一段時間，少年的母親前來致意。她是個身材高䠷、長著雀斑的美麗女子，雙手滿滿抱著罐頭、巧克力，滔滔不絕地用英語道謝。外祖父只能在一旁傻傻地點頭，不斷地吸著菸。

懷才不遇的外祖父在昭和二十八年（一九五三）過世，享壽七十八歲。直到今天，我才發覺我看待身邊事物的標準，其實是受到外祖父的影響。我總是無法接受目前流行的金屬家具，堅持使用木製品；身為女性，我卻偏好大型厚重、沒有裝飾、造型樸拙的東西。也許在我的眼底深處，始終存在著那艘三十年前的檜木軍艦吧。

我的外祖父的名字是岡野梅三。

（室內／1976・7）

能州風景

大約是五、六歲的時候，我曾跟著父親學習吟詩。說是學習，其實是出於無奈不得不學。

但我只要一聽到「鞭聲肅肅過夜河」，就會笑出聲音。

「混蛋！有什麼好笑的？」父親破口大罵。

我只要想到一群因便意肚子隱隱作痛的武士大舉渡過夜河的景象，就覺得好笑（注一）。乃木將軍（注二）所寫的詩句「山川草木」，我也因聽成「三錢」（注三）而忍俊不禁。能夠不笑吟詠的，就只有上杉謙信（注四）的漢詩：

霜滿軍營秋氣清，
過雁數行月三更，
越山併得能州景，
遮莫家鄉憶遠征。

父親是石川縣七尾人。

或許是從小失怙，沒有快樂童年的關係吧，他對這首詩的感觸特別深。我是在東京土生土長的小孩，總想有一天要到父親的故鄉，也就是我的籍貫地能登造訪，但因爲生性粗枝大葉，直到從事電視劇本的工作有成，年近不惑才得以實現願望。

我的能登之行，有同業的M女士、S女士作伴。十分感動的父親還幫我們安排行程，甚至送上旅費交代說：「出門在外不要丟臉，要好好招呼朋友。」

第一天晚上，我們住在金澤。

那是一家裝潢很講究的旅館。用完豐盛的晚餐，我們三個中年女人被窩一字排開，徹夜長談業界種種，並憂心電視界的未來。

我其實很想說說父親的故事。

注一：「鞭聲肅肅」和「便意催腹」在日文的發音很像。

注二：乃木希典（1849-1912），軍人，曾任台灣總督。

注三：山川與三錢的日文發音都是「sansen」。

注四：上杉謙信（1530-1578），日本武將。

很想說說他在逆境中出人頭地的坎坷人生，提起從小聽他說的能登風雪和美味的鱈魚。相信我平常一向敬愛的兩位女士一定很感動。

正要關掉燈光時，M女士突然發現一隻特大號蟑螂在門框上爬著，竟大喝一聲「別逃」，然後一把扯掉身上的浴衣，包著紫色衛生衣和黃色毛線衛生褲的豐滿軀體作勢就要撲上去——那一瞬間，M女士看到我們兩人傻眼的模樣，「啊」的尖叫一聲，趕緊趴到被窩上面；接著似乎又想起蟑螂的存在，馬上套上浴衣，以迅雷不及掩耳的速度衝上去收拾掉牠。

M女士是我工作上的老前輩，我非常喜歡她；偏偏我又看到不該看到的畫面，當場捧腹大笑未免失禮，只好趕緊道謝關上電燈，對著天花板，像抖動的蒟蒻塊一樣忍著笑，直到眼角迸出淚水。

說來倒也奇妙，當我清掃蜘蛛網什麼時，會翻出穿舊的襯衫披在身上，何以M女士卻是脫掉身上的浴衣呢？身爲老么的她出生在都是男孩的家庭，據說一遇到火災等緊急狀況，她的哥哥們總是赤裸裸地飛奔出去。因爲是名門之後，還有哥哥是經濟界活躍之士。

「害我不小心露餡兒了。」M女士小聲地囁嚅著，我們不禁哈哈大笑。什麼電視界的未來、今後的展望都拋到了一邊。我心想，這不是我所期待的話題呀，一邊又開始寄望明天。

我們打點紅包給旅館的廚師，請他們幫忙製作便當、好中午帶到兼六園享用，這是父親的建議。如果不按他的指示行事，回家肯定會被叨念，只好照做。

兼六園是座很漂亮的庭園，但奇怪的是園中有許多中年男人在徘徊。天鵝在池塘裡優游著。正當我們滿心歡喜地準備打開便當享用時，卻找不到筷子，是旅館的人疏漏了。正打算衝去最近的茶屋，才發覺樹叢裡和假山後面躲著許多手拿對講機的便衣人員。這麼說來，在公園的入口處的確有總理大臣演講會的告示。由於不想被誤會成可疑分子壞了興致，我們改用便當蓋摺成的臨時木筷用餐。正開動時，三隻天鵝朝我們游來。

天鵝者，可遠觀不可近看也。

跟芭蕾舞劇《天鵝湖》衍伸的想像大相逕庭，真實的天鵝體積既龐大又臃腫，還會厚顏無恥地吵著要東西吃。不論是蝦子尾巴還是多福豆的皮，丟什麼給牠們都吃。最後一隻天鵝甚至還上了岸，站在我們腳邊不斷戳我們的膝蓋、發出怪聲催促。

旁邊的廣場傳來演講會的怒吼，眼前是天鵝，背後還有一身黑色的便衣人員，我們用自製的木筷子吃便當。搭乘計程車繞能登半島一周時，我不禁納悶：怎麼會這樣呢？

車子經過七尾往和倉開去。右邊浮現了能登島。

「我父親的老家歷代都是能登島的船主呢。」正當我說出從昨晚就藏在心中的話時，司機先生轉過頭來對我說：「聽說能登島以前是用來流放殺人放火的盜賊哪。」

他高亢的聲音是患重聽的人特有的說話方式。

怎麼會這樣？我從小就嚮往的能登尋根之旅，照理說應該是充滿感動的才對。然而有名的能州三景——卯辰山、香林坊和犀川根本不知跑哪兒去了，存留在我心中的三景竟是：M女士征服蟑螂圖、雁過數行成了吃相難看的天鵝，以及硬被說是殺人犯子孫的能登島遠眺。

「能登之行怎麼樣呀？」父親興高采烈地問我，我卻放聲大笑。

「混蛋！有什麼好笑的？」父親和過去一樣破口大罵，讓我事隔多年突然又憶起上杉謙信的詩句：

遮莫家鄉憶遠征……

雖然我大概知道遮莫是什麼意思，但爲了愼重起見還是翻了字典。上面寫著「雖非本意，但也只能如此」，恰巧和我這次能登之旅的感想不謀而合。此外，據說這首詩並非上杉謙信所作。

（別冊文藝春秋／1976．秋季號）

B棟二號

開始以寫電視劇本為生後，最尷尬的是在電話中說明劇情。「關係」、「接吻」、「情婦」、「懷孕」。

就算是年過三十的老處女，在父母眼中仍是自己的女兒。這些絕對不該在家風嚴謹的客廳裡發聲的字眼，父親板著一張臉裝作沒有聽見，母親則是緊張地羞紅了臉。

離家出走搬到「霞町公寓B棟二號」時，我真是鬆了一口氣。

熬夜寫完腳本，清晨洗個澡，點一客我最愛吃的鰻魚便當外送，開一小瓶啤酒——這段時期，我總是興奮地做一堆與父母同住時絕對無法做的事。

鰻魚店的外送小弟年約十七、八歲，總是哼著〈潮來笠〉（注一）踩著公寓樓梯上來。當時正是流行〈早安，小寶寶〉的時代，他老兄仍然堅守〈潮來的伊太郎〉的旋律。

「妳家書好多呀。」伊太郎邊觀察屋內擺設，邊豎起大拇指問道：「對方該不會是大學教授吧?」

看著一臉驚訝的我，他彷彿爲自己的姊姊操心一樣，表情認眞地告訴我：「妳應該多注意一下打扮才對。」

這時我才恍然大悟。

因爲截稿的關係，我一連好幾星期都在週末叫鰻魚飯外送。如今回想，我打電話叫外送時，常聽到電話那頭喊說：「B棟二號(注二)，外送鰻魚便當一客!」

這是我頭一次被誤會從事特種行業，當場來不及否認，只覺得有些尷尬，從此週末就不再叫鰻魚飯外送了。

過一段時間，家裡來了客人，我訂了鰻魚飯招待，又是伊太郎送來的。他好像從別處聽說了我的事，搔著耳朵神情惶恐地說「妳好像是作家吧……這是一點心意」，然後硬塞給我一個小紙包便轉身逃離。我打開一看，裡面有三十小包三角形包裝的山椒粉。

注一：日本歌手橋幸夫的知名暢銷曲。

注二：日文俗語中的二號有情婦的意思。

就是從那時起，我喜歡上「二」這個數字。

我的父親是個苦學力行的人。我們家小孩若沒有考第一，他就會不高興，尤其對身爲長女的我更爲嚴格。從小我就被要求做弟妹的榜樣，行爲舉止不得逾矩，因此我滿腦子都是「一」。爲了贏得稱讚，我曾努力過，也曾有過滿足父母期望的時候；但老實說我已經受夠「第一」了。比起「立正」，我更喜歡「稍息」；比起A，我更希望成爲輕鬆的B。而今我最討厭的數字就是「一」，最喜歡的是「二」。遺憾的是，被誤會是「二號」就只有那麼一次而已。

（小說現代／1978．10）

茲魯的赫

那是三十二年前的舊事了。

當時我是小學六年級的學生，住在四國高松。父親擔任保險公司的分公司經理，公司宿舍正對著玉藻城的護城河。

應該是初夏時節吧。出差回來的父親把家人叫到客廳，拿出一個用報紙包的大酒瓶，瓶身沒有貼標籤。父親親自打開木栓，幫每個人倒了四分之一杯的紫紅色液體。母親、祖母和我們四個小孩圍坐在餐桌前，目不轉睛地看著父親的動作，然後母親從茶壺加進開水，我們才拿起來喝。

味道……我已經不記得了。當時只覺得天底下怎麼有這麼好喝的飲料！父親說飲料的名字是「茲魯的赫」（Tsuru-chiku）。

這件往事其實我早就忘記了。

某次偶然跟朋友聊天，提起我三年前到亞馬遜河的依奇脫斯小鎮旅遊時，喝過一種用卡姆卡姆果實做的飲料。卡姆卡姆是生長在亞馬遜河畔的棕色果實，榨取後成了微酸的淡紅色果汁。我一說自己之前從不曾喝過那麼好喝的東西時，三十二年前的回憶猛然復甦。

於是我又開始關心起「茲魯的赫」，問了許多朋友，都說沒聽過。

「我倒是聽過波羅的海艦隊（注一）。」

「該不會是和丹頂帝赫（注二）搞混了吧？」

原來如此。丹頂雖然也是鶴，但鶴要怎麼喝啊？對於他人的回憶，一般人是不會認真看待的。

由於父親已在五年前過世，我只好打電話問母親。一向對外來語沒輒的六十七歲老母讓我重複念了好幾次「茲魯的赫」，最後還是說沒有印象。

「可是媽那時確實也喝了呀。」

那時媽不是穿著毛料和服，上面是淡紫加黃色的條紋嗎？還有杯子不是拿招待客人用的六角玻璃杯嗎……儘管自己也記憶模糊，我的口氣卻不耐煩起來。

我當年的確是穿著那件和服，對杯子也有印象，可是我完全不知道什麼「茲魯的赫」啊——母親也不認輸地否認到底。

母親的記憶力一向很好，常常一通電話回家，她就能說出昭和初期納豆小販的服裝和竹輪（注三）的價錢，對於靠寫電視劇本爲生的我幫助很大。既然連母親都說沒印象了，我的信心也開始動搖。反正電話都打了，我試著回想三十二年前當時的其他往事。還好因爲父親工作的關係，我們只在高松住了兩年，很容易回想。

那時還發生過這件事。

晚上一走進廚房，就發現木屐和掏垃圾的木頭都在地上漂浮。我們家離高松港很近，赤潮（注四）一旦灌進護城河，我們家地板下面就會淹水，害我栽種的花生田全部泡湯。父親公司裡的小弟曾告訴我種花生用馬糞最好，我便站在二樓書房盯著樓下的

注一：波羅的海日文發音的語尾也是 chiku。

注二：為日本老年人愛用的一種髮蠟，日文發音為 Tancho-chiku。丹頂也是一種鶴，而鶴的發音和「茲魯」一樣。

注三：一種魚漿加工食品。

注四：赤潮是海洋受到有機物污染，造成海洋富營養化，使得夜光藻及渦鞭毛藻等赤潮生物大量繁殖。

大馬路，一看見馬車經過便拿著畚箕飛奔出去，認眞地撿拾還冒著熱氣的馬糞……有一次在撿馬糞的途中，還遇到送往屠宰場的豬隻大舉脫逃，我親眼目睹其中一隻豬在我們家門前奮力掙脫兩、三名大男人圍捕的情景。

「確實有過那麼一回事呀。」電話那頭的母親露出懷念的聲調。

看來我的記憶也是不容小覷的。我再次跟母親確認「茲魯的赫」，得到的答案依舊沒變，問了弟妹也一樣。

「茲魯的赫」——那究竟是什麼東西呢？既然小孩也能喝，我確定應該不是酒；從顏色判斷，大概是葡萄或漿果類的原汁吧，我所知道的就僅此而已了。

總之我確實喝過，而且那滋味帶給我難忘的感動。

我向許多人打聽「茲魯的赫」，結果每次都必須再次重溫三十二年前的回憶。我也發覺每提起一次，故事便會漸漸被修飾。沒有比回憶遭到修飾更可惜的事了。回憶也有鮮度。記憶在瞬間回到數十年前，一閃而至；就像版畫一樣，還是第一刷的作品最美好。還是把我的「茲魯的赫」當作重新謄寫的舊契約，只修正記憶的日期，不明的地方就維持原狀，繼續收藏在記憶最深處吧。

（文藝春秋／1975・6）

再談「茲魯的赫」

第一通電話在晚上八點打來，感覺是個中年男子。

對方說：「妳所喝的『茲魯的赫』眞的存在。」

那時剛好是刊登那篇〈茲魯的赫〉的《文藝春秋》發行前一晚，因此我沒有馬上反應過來，頓了一下後才恍然大悟。

那是一名陌生的讀者，他用難掩興奮的聲音說：「戰爭結束前幾年，我曾待在朝鮮羅南，『茲魯的赫』是當地特有的自製飲料。那是種顏色很漂亮的果實，非常美味。我不知道令尊是透過什麼管道拿到手的，但妳的記憶沒有問題。」

對方一邊大呼懷念，一邊不停嘆氣地跟我聊了二十分鐘關於當時羅南的種種。

這是一連串令人高興的騷動的開始。

隔天早上七點半起，我家電話就響個不停。每一通都是來自戰爭結束前曾住過北朝鮮的人，除了提供我關於茲魯的赫的資訊，有的人訴說了敗戰前後擔心俄羅斯進攻的慘狀；有的人懷念從此天人永隔的家人；甚至也有人提到被當成戰犯逮捕而在當地處死的弟弟不禁哽咽；也有人娓娓道出在物資缺乏的年代結婚，只能用茲魯的赫乾杯的往事。每一段都是十分感人的回憶。能得知自己三十多年前的記憶正確固然喜悅，卻不及他們沉重深刻的人生所帶給我的撼動。從第一天起，類似的電話就多達二十幾通，甚至聊到了半夜一點鐘。

第三天起，我的信箱被一疊又一疊的信件塞滿。其中不乏希望能公開自己信件的人，但我有些忌諱隨便轉載別人的信，於是以一位做代表，借用《文藝春秋》七月號讀者投書專欄「三人的桌子」刊出稻垣先生的來信。

> 讀完貴刊六月號刊載之向田邦子女士〈茲魯的赫〉一文，得知她歷經戰後三十餘年，至今仍記得該飲料，令我感動得淚流滿襟。「茲魯的赫」是朝鮮語的發音，乃白頭山一帶常見學名為「黑豆木」的高山植物，樹高約五十公分，開白色小花，可結出如同山葡萄般大小的紫紅色果實。果實加工後製成滋養飲料販賣乃出自亡父的創舉。
>
> 每年八月採收完果實後，需浸泡兩、三年使其發酵。四大桶原液可裝成五十至七十瓶，加入砂糖（白砂糖）做成濃度三十度的天然果汁，於羅南製造販賣。

戰前曾銷售至朝鮮、滿州、台灣和日本，作為白頭山特產頗受到好評。遺憾的是隨著戰爭結束，我們一家必須回到內地而結束營業。

戰後，我靠開照相館勉強糊口，一晃眼竟已是還曆之年。如今仍懷念那如幻夢一般的羅南時代。

（瀨戶市元稻垣日本堂店東稻垣正次，六十二歲）

整個騷動歷時約一個半月，來信超過了三百封。我還收到當時羅南街道的地圖、照片、茲魯的赫的工廠照片、貼在瓶身上的標籤，也有住在鄉下的作家寄來寫有茲魯的赫的小說和詩集等作品。雜誌發行兩個月後，遠從夏威夷、美國加州、南美、新加坡、韓國、中國也寄來同樣的航空信。

一位住在長野縣草津擔任教職的讀者說，他一直難忘年輕時在羅南喝過的滋味，剛好發現草津山上有天然的黑豆木，便做出類似的東西，還寄了成品給我。味道比起我兒時喝過的，感覺甜味較淡，多了一些苦澀，不過充滿自然野趣，同樣很好喝。

一篇閃過腦海的回憶短文，卻帶給我許多意外驚喜。老實說，因為工作的關係我無法整天接電話；有時遇到截稿，還得汗流浹背地向電視台編藉口拖延，無法一一寫謝函回覆讀者，讓我感到很遺憾。然而那個從未去過的羅南小鎮，對我也言，竟比其他異國城市多了些不一樣的意義。

在無數的來電和來信中，這是比較特別的一位。

他在晚上九點左右打來，感覺是個很文靜的中年男子。

「我的祖父曾打算在大阪跟朋友合資開一家販賣茲魯的赫的公司，連宣傳品都做好了，中途卻不了了之。我還記得小時候曾玩過印有茲魯的赫名字的撲克牌，東西有些污損了，還是請笑納吧。」

對方還很貼心地補充：「彼此都很忙，我就不另外寫信了，妳也不必回謝函了。」

從他透過同業的川崎洋（注二）先生獲知我的電話號碼來看，對方應該也是位詩人。請教尊姓大名後，只聽見電話那頭說了些什麼，但是聲音太小聽不清楚。我想重複再問未免失禮，只好道謝掛上電話。三、四天後，跟往常一樣，我從塞滿的信箱中取出郵件一字排開，用裁信刀一一拆開，其中有封信掉出一張包在白色信紙裡的撲克牌。圖案設計就當年而言算很新潮，是一張白底描著黑色「茲魯的赫」的鬼牌，上面有小孩子的鉛筆字跡，字跡已用橡皮擦仔細擦去。一如電話中所言，來信僅此而已。

翻開信封的背面，上面署名谷川俊太郎（注二）。

注一：川崎洋（1930-2004），東京人，詩人、劇作家。

注二：谷川俊太郎（1931-），東京人，著名的詩人、翻譯家。

父親的氣球

都活到這把年紀了，我還是會做寫作業的夢。

我曾經夢到「將英文單字用因式分解解答之」的問題，嚇得滿身大汗、從床上跳起來。我是靠寫電視、電台腳本混口飯吃的人，卻常到了截稿時間還耽於逸樂、缺乏自制，這習慣從小學一年級起到現在都未曾稍改。

記得有一次，我到早上才想起要抄寫「桃太郎」課文的作業，只能一把鼻涕一把眼淚地靠在溫熱的飯桶上寫。或許是這樣，至今只要一提到桃太郎，我就會想起剛煮好的白米飯味道，眞是糟糕！

印象最深刻的是關於氣球的習題。

那是小學幾年級的往事呢？

我因爲做不出紙氣球，急得快哭了。

數學課教到球形是由許多橢圓形組成，老師利用紙氣球來說明。我一向最討厭數理方面的課業，上課時總是看著窗外的運動場消磨時間，回到家後自然不知道怎麼完成作業。

當時市面上尚未出現強力黏著劑，因此要將一片片狹長的橢圓形從頭到尾黏成一個紙氣球非常困難。才黏好這一邊，另一邊又迸開了，最後我終於哭了出來。在一旁的父親看不下去，便叫我去睡覺。

隔天一早起床，我發現餐桌上放著一顆紙氣球。一顆歪七扭八、左突右翹，形狀很醜的紙氣球。

「拿了一堆東西試，才總算找到一個形狀合適當底的小茶壺。趕快跟妳爸說謝謝！」母親交代我。

父親則是板著一張臉吃早餐。

我將紙氣球放進裝點心的大紙袋裡，得意洋洋地上學去。

結果，全班就只有我一個人做了氣球，老師根本就沒有出那種習題。

那天回到家，我說了謊。

「老師稱讚我做得很好……」

如今回想我算是賣弄了小聰明，但當時的氣氛應該也讓我不得不那麼說吧。

和「父親的氣球」一樣，「邦子的盲腸炎和爸爸的跑步」也是我們家常出現的話題。那是父親在我動了盲腸手術後，準備參加女校轉學考前一夜所做的夢。

校方明明答應只考學科，不需考體育的，不知道爲什麼主考官卻要我跑步。父親憤怒地要求代我上場，一聲槍響後，他跟著其他女學生在操場上奔跑，兩隻腳卻打結跑不動，他冷汗直流，正掙扎呻吟時被母親叫醒了。這就是當時的經過。這兩段小故事說明頑固且暴躁易怒的父親其實是很愛子女的——母親似乎很喜歡如此宣傳父親的好，害我更難啓齒說出眞相。

今年二月，父親驟然結束了他六十四歲的人生，死因是心臟衰竭，不到五分鐘便毫無痛苦地過去了，頗符合父親急躁的個性。

葬禮和善後忙完告一段落，已是櫻花散落的時節。

今年我連一件應景的春裝毛衣都沒買，想說至少買條絲巾吧，來到睽違兩個月的銀座。經過文明堂門口時，我不禁停下腳步。

對了。有一次父親喝醉酒，好像提過有關銅鑼燒的故事。

父親年輕時，曾在酒後和朋友買了許多銅鑼燒，從四丁目開始將銅鑼燒的餅皮一張張貼在銀座大道上的店家玻璃櫥窗。

忽然間，我也想試試看。

一萬圓份的銅鑼燒會有幾片餅皮呢？因爲是上下夾著，餅皮數量應該加倍。那就從和光（注）的櫥窗開始貼起……

路上行人會覺得我瘋了；還是見怪不怪，就當作目前正流行的街頭藝術看待？要經過幾分鐘，警察才會出現呢？

在那之前，要是店裡的人出來制止，我表示「對不起，我這麼做是爲了供養亡父」，人家會接受嗎……正當我胡思亂想之際，女店員一聲「歡迎光臨」打斷了我的思緒。結果我什麼都沒買便離開了那裡。

（銀座百點／1969・6）

注：位於銀座四丁目十字路口的高級珠寶店。

藍色的積水

不下水已將近三年了，還常常夢見游泳。奇怪的是，夢中的我泳技比實力堅強，穿著泳裝的體態也曼妙許多。那應該算是一種願望吧，若說自己連夢裡也如此自戀，實在挺讓人難爲情。

關於泳裝，我有一段難忘的回憶。

那應該是戰爭結束後的第二年。女校的游泳池在停用多年後又注滿了水，大家都很期待游泳池開放，但大半的同學都沒有泳衣。在那個以物易物的戰爭時代，擁有那種沒用的衣物反而奇怪。

朋友看我很困擾，便將婦女雜誌的附錄借我，上面教大家如何將和服改成泳衣。我千拜託萬拜託，才從母親那裡要來一件嗶嘰布的和服。淺灰和米色交錯的條紋，以今天的眼光來看算是相當時髦的圖案了。我還記得母親一臉不捨地在一旁看我按照紙樣下刀裁剪。

我花了一天縫製泳衣，之後將穿衣鏡搬進陰暗的榻榻米房間裡，拉上紙門，在弟妹的冷嘲熱諷中，自己一個人不斷地試穿和修改。近年來正流行格紋的泳衣，但當年只時興單色，最多就是條紋了，所以一縫好泳衣，我便跑到藥房買染料，將泳衣染成深藍色。火爐上架著洗臉盆，連攪拌用的長竹筷都染成藍色，終於我的泳衣大功告成了。

到了游泳池開放的當天。

同學都穿著別人給的不甚合身的泳衣，只有我的泳衣貼身美麗。

然而才一下水游不到半圈，我便發現大事不妙。泳衣開始冒出無數的藍色線條，逐漸在水中暈開，簡直就跟口吐墨汁的烏賊一樣。我趕緊游到池邊爬上岸，只見我的大腿到足踝全都變成藍色，連腳下的白色水泥地都滴聚成藍色的積水。

一群坐在泳池邊的同學都笑彎了腰，連我平常最敬愛的體育S老師和借我那本泳衣裁製法雜誌的同學都捧腹大笑。不得已我也跟著一起笑，內心其實很想哭。甚至希望當場來顆炸彈，把大家都炸得粉碎算了！

都怪急驚風的我染好衣服後忘了用醋防止掉色，害我兩、三天後腳趾頭周圍和肚臍都還殘留藍色的染料。

又過了幾年學生生活後，我開始上班。領到第一份年中獎金（注）時，我立刻跑到銀座購買泳衣。之前我早就看上「露娜」櫥窗裡展示的那件高級名牌傑生（Jansen）的黑色彈性泳衣，定價四千五百圓。那是我微薄獎金的全部，我心裡也很清楚那件泳衣對我而言太過昂貴，但我就是想要。

「絕對不會掉色吧？」還記得我當時很不放心地再三確認，之後才請店員將商品包起來。

提到泳衣，還有另一段難忘的回憶。那是小學三年級的夏天，我們全家和父親的友人F先生一家共同在伊豆的今井濱租了一間別墅度假。

F先生家因爲媽媽生病，只有叫西奈子的小學一年級女生和她父親過來。西奈子皮膚黝黑，又不怕生，對於初次看到海的我，常用一副「去年我們家也去了海邊喲」的老大姊口吻對我說話。她穿的是黃色毛料泳衣，比起我身上黑色棉質的不知高級多少倍。大概是下過許多次水的關係吧，毛料有點縮水變硬了，尤其是胸口部分，變得只剩兩根繩子一樣。簡單來說，就像是去年流行的上空裝扮。西奈子邊玩耍，還得不時拉扯一下胸口。

那天晚上吃晚飯時，西奈子因不喜歡菜色而鬧脾氣，被她父親斥責「要是再使性子，就回東京去」。西奈子含著眼淚不敢再多說，但我似乎能了解西奈子是爲了什麼而鬧脾氣。

（銀座百點／1965．5）

注：日本公司的獎金為半年制，年中和年底各一次。

女兒的道歉信

有件事非得在今天告白不可，於是我約了母親到外面喝咖啡。

我想在客廳談太傷感，如果是氣氛明亮的咖啡廳，也比較好用事務性的口吻說，母親也比較聽得下去，不至於一把鼻涕一把眼淚地太過失態。

第二天，我的第一本散文集即將上市，內容是以明治年間出生、個性暴躁衝動的父親爲主，描寫我們童年時代的往事。問題出在結語部分。

我在結語中提到，三年前我罹患了乳癌，因爲顧慮到母親的心臟不好和我個人的一些想法，於是謊稱是其他的病，只讓少數極親近的人知道事實。我以爲自己活不長久，於是抱著寫下一份沒有特定對象的遺囑的心情，寫下了那本書。

早知道寫完之後直接告白就好了，偏偏每次想說時就下雨——又不是運動會，下不下雨根本無所謂，但我還是希望挑一個天氣晴朗、母親心情好的日子開口。不過那都只是藉口，討厭的事一拖再拖是我最壞的習慣。

找到了適合的咖啡廳後，我和母親面對面坐下。

七十歲的母親喜歡喝咖啡，她一如往常地加了三匙砂糖，興致勃勃地聊著親戚的閒話。我漫不經心地應著，不知不覺兩人的咖啡杯都已見底。是該告白的時候了。

「老實說，三年前的那場病，我得的是乳癌。」

母親深吸一口氣，面不改色、語氣平淡地說：「我想也是。」

接著她停了一下，有些調侃地補充說：「我還在想，妳什麼時候才要告訴我呢。」

我就像洩了氣的破輪胎一樣發出長嘆。

這三年來我沒有和母親住在一起，因此始終以爲完全瞞過去了，加上我又表現得很健康，甚至有醫學雜誌邀請我參加保健祕訣的座談會。

母親說她是根據手術結束時弟弟的語氣得知的。那孩子會出現那種語調，想來情況非同小可。我一邊要求服務生加水，一邊對弟弟聲音中難掩擔心的情意感到高興；同時也體認到，這三年來對我的病情完全不動聲色的母親過人之處。自以爲騙過她的我，事實上是完全受騙了。

新書一上市，我們家的電話就響個不停。

有些老朋友從書中得知我的病情，怪我太過見外；也有不認識的病友、××萃取液公司、宗教團體等來電；甚至有人說要登門拜訪，嚇得我冷汗直流地道謝和道歉。最常聽到的聲音是「我爸爸也是那樣」。

看來這個社會上還存在許多明明很重感情，卻不懂得對家人好、動不動就發脾氣動手的父親；還有那種寬以待己，卻對妻子嚴格要求的自私丈夫；甚至表面上耀武揚威，其實自己一個人連洗個頭都有問題的丈夫亦大有人在。

電話那頭的陌生朋友，花了一個小時暢談自己父親的種種，也有人含悲帶泣地娓娓訴說。剛開始兩、三天，我的確聽得很感動，遺憾的是遇到了我的本業——電視劇本的截稿時間，一旦製作人催促聲日益迫切，我只能詢問對方的電話號碼，致歉說下次再聯絡然後掛上電話。我也收到了許多同樣的信件。

「我是一個三十出頭的父親，一想到女兒將來不知會用文章如何描述自己，內心不禁落寞蒼涼。我是否該像令尊，以拳打腳踢的方式管教比較好呢？」有人如此問我，叫我不知如何作答。

或許多半是客套話，在別人眼中，父親似乎成了好爸爸，我們家也跟著成了幸福的家庭。有人來信說如果父親還在世，希望能跟他小酌一番，而來信向母親問好、想見見弟妹的人也不在少數。

但我的家人卻很不高興。

他們抱怨說，又不是什麼名人，家中醜態全寫出來，實在是丟臉極了。但此刻如果敗下陣，豈不有損我的專業？於是我搬出前輩的散文為例抗辯，家人則反擊說對方家人肯定也躲在背後哭泣。最後我只能低頭賠罪，並答應從此不再犯。總之從去年年底到今年正月，我都在道歉。或許是《父親的道歉信》這書名取得不好的關係吧。

（文藝春秋／1979．3）

愛貓成痴

飼養那隻柯拉特（注）銀藍色貓咪已經三年了。雖然我從不曾宣傳，但因爲近來的寵物風潮，牠常被請上檯面。「怎麼又來了？妳也該節制點嘛。」我所合作的電視連續劇製作人面有難色地抱怨，身爲貓主人的我一早卻樂不可支。

先去美容院（沒有貓的美容院，因此去的人是我），然後買花插在引以爲傲的花瓶裡（這跟貓也沒什麼關係），爲了讓我家貓咪們呈現最美的模樣，我穿上黑色毛衣，接下來就是等待攝影師到來。當然爲了掩飾貓廁所的氣味，我也沒有忘記在玄關焚香。

接下來的一、兩個小時，我香汗淋漓地忙著「釣貓」。爲了配合攝影師的要求，讓貓的視線往斜上方望，我手裡拿著毛線球、絲巾，嘴裡不斷喊著「乖，看這裡」、「笨蛋，睜開眼睛呀。怎麼在這時候睡覺呢」、「待會兒給你好吃的東西哦」、「不要舔屁股」——手忙腳亂地就像是跳了場露肚臍的章魚舞般丟人現眼。結束後，貓主人和貓咪們都累得窩在沙發上睡午覺，半天就這樣沒了。本來就已經進度落後的電視劇本這下又得延遲，造成電視台的困擾。當然，這種差事是拿不到半毛錢的。到了刊登我家愛貓的雜誌發行，我打電話告知那些領養柯拉特小貓的朋友們時，又是一陣騷動——說來連我自己都覺得丟臉。

第一次見到「柯拉特貓」是在三年前。我參觀完吳哥窟，歸程中繞道去曼谷拜訪暹邏貓協會會長昆．因．阿布巴爾．拉賈馬德里夫人，就此踏上不歸路。當我看到在熱帶草地上翻滾的銀藍色貓咪時，不禁「觸電」了。之後在泰式的合十禮和航空信件的攻勢下，我打敗眾多的美國競爭對手，在十個月後領養了一對剛出生滿三個月的雌雄柯拉特貓。

公貓擁有馬哈夏（泰語意爲伯爵）稱號，名叫馬米歐大人；美麗的母貓個頭較小，名叫琪姬夫人。話說柯拉特貓原產於泰國東北、靠近寮國的柯拉特高原，自古稱爲銀貓，據說用來作爲王妃結婚的贈禮。不過這些都不重要。

注：柯拉特貓（Korat），依泰國東北的柯拉特省命名，西方國家在一九八六年開始有這種品種，毛光滑呈銀藍色。

我喜歡的是柯拉特貓悠閒的性格和幾乎可說是高雅的動作。尤其是我的伯爵，身材魁梧、毛髮亮麗、擁有可追溯至五代前的完美血統證明；只是牠也喜歡吃小魚乾、看到不喜歡的人會用粗長的前腳賞對方巴掌（牠就曾經痛毆過獸醫，害得人家半夜兩點不得不將牠送回來）；明明在老婆面前抬不起頭，卻又愛現；粗野好色，卻又強烈擁有動物特有的溫柔——唉，換句話說，我是完全被牠迷住了。

牠們夫妻一年只同床一到兩次。前陣子基於「沖繩回歸本土特赦」，我讓牠們同居了兩個月。束縛生命的個體自由絕非我本意，但我的伯爵唯一會做的事就是「增產報國」，身為貓主人的我可無福消受。

我當然也很喜歡抱著如銀色麻糬般可愛的小貓咪，可是一旦專心照顧新生兒，文字產量也就跟著銳減。不但生活陷入困境，也將繳不出稅金，到時豈不人畜一起完蛋，所以我只能利用工作空檔安排生產計畫。儘管如此，也已經有二十二隻柯拉特貓誕生。我將小母貓送給同業的松田暢子、北村篤子，偶爾我們會在深夜聊電話，津津樂道彼此愛貓的種種。

常有人問我「為什麼想養貓」，這問題跟「為什麼不結婚」一樣都很難有正確答案。事實上我自己也不知道理由何在，「就是順其自然吧」。只是我不禁也要問：為什麼跟貓那麼有緣，和男人的緣分卻那麼薄？

唯一很確定的是，養貓和與人相處有異曲同工之妙。相處越久越加熟識，就更覺得對方難以捉摸。有時貓咪投來一個直覺敏銳的犀利眼神，像是早一步猜透了我的心思，會讓我再次深深感覺到「對方果然是野獸啊」。彼此依賴的生活中也有不能掉以輕心之處，這種複雜矛盾正是趣味所在。

我家目前除了柯拉特夫婦外，還有一隻名叫「伽俚伽」的十一歲暹邏母貓。她只有過一次假想懷孕，雖然有過多次婚姻卻始終擺脫不了石女（無法生育）的命運。或許是這個原因吧，牠的個性十分孤僻，只肯對我親近。這固然叫人受不了，老實說卻不令人討厭。

有件事不方便大聲嚷嚷，但這陣子我特別寵愛公貓馬米歐伯爵大人。爲了不讓其他兩隻母貓發覺，我在餵食的順序、喜好、量的多寡上總是小心翼翼，但恐怕牠們早已看穿了我的心思。所以每當發生火災或地震，我都會進貓咪房間發表演說。「假如只能救一隻的話，得按先來後到的順序，所以我只能抱伽俚伽走，你們可別恨我呀。」當然我沒有說出聲，只是在心裡面演說。然而一回到書桌開始工作，又覺得定不下心來，再回到貓咪的房間重新演講。「你們聽好，我決定誰也不救了。我會幫你們把門打開，你們得靠自己的力量脫逃，知道嗎？」三隻貓一副瞧不起主人的模樣微張開眼，伸展著修長的四肢，大大地打起哈欠來。

（婦人公論／1973．2）

六十公克的貓

總而言之就是很小。

頭只有小蘿蔔般大，手腳就像牽牛花的藤蔓。我說的是柯拉特的銀色小貓，一胎兩隻的新生兒。牠們小得能放在掌心上，是只有普通貓咪一半大的早產兒。根據我的目測，大約只有六十公克吧。

一顆雞蛋約五十公克，就連切片的魚也有一百公克。偏白色的是公貓，偏黑色的是母貓。四肢俱全，但叫聲柔弱。

我打電話給NHK的和田勉（注）先生。和田先生之前已經抱養了一隻公貓，取名為摩訶，我還答應要送他一隻母貓，取名為蜜多。摩訶般若波羅蜜多——換言之就是要湊成般若心經。

注：和田勉（1930-2011），原NHK製作人。

蜜多的候選人出生了，但獸醫說如果無人照料恐怕活不了，我心中突然湧起要幫助牠活下去的念頭。

由於母貓無法泌乳，只能沖泡一種名為Esbilck的哺乳動物用奶粉，以人體的溫度讓小貓咪食用。但畢竟是小蘿蔔般大的頭，連莉卡娃娃用的玩具奶瓶都嫌太大，我好不容易找到細原子筆頭才勉強合用。接下來是保溫的問題。

說起來動物其實是很嚴苛的。沒有希望長大的小孩，連母親都不願意養育。母貓毫不猶豫地甩開企圖吸吮她乾癟乳房的小貓咪，直接走出產房。

我雖然準備了寵物用的保溫箱，但通電後似乎會吸收水分，小貓咪的皮膚越來越乾燥。於是我改用扁平的保鮮盒，放進熱水和手帕，將小貓咪置於其上保溫。

每隔三小時得餵一次奶。

保鮮盒只有兩個小時的期限。

一整個星期，我無法上床睡覺。但我不能用「家裡的貓咪是早產兒」這種理由要求延後截稿時間，母親只好謊稱我急病。

「你們是世界上最小的貓咪。」儘管嘴裡這麼說，近乎祈禱的心情卻促使我一再跑去看體重計的刻度。

第一個星期，白色的小貓咪還來不及長出一公克，就這樣變冰涼。黑色的蜜多候補則增加到一百二十公克，貓主人的我則瘦了三公斤，眼眶都凹陷下去。

蜜多從第二個月起便嫁到了和田家。

或許是越過了死亡線，蜜多的生命力強得驚人，是隻頗具人性的貓咪。牠喜歡洗澡，常吵著要人幫牠洗，洗完後會自己鑽進個人專用的電毯裡擦乾身體。牠也很會打架，看起來很不好惹。

聽到八個月大的蜜多已經是母親時，我在電話那頭不禁流下淚來。

大概是蜜多這個名字取得好吧。

四年過了，至今我一吃到可樂餅和烤小鳥時，仍會想著「當時大概就這麼重吧」，懷念起手心那個六十公克的重量，以及一心一意照顧貓咪的自己。

（別冊小說新潮／1977・春季號）

馬米歐伯爵大人

偏食、好色、家中耍老大、小心眼、害羞鬼、愛撒嬌、喜新厭舊、好面子、說謊大王、使性子、懶惰蟲、愛老婆、壞脾氣、過度自信、健忘症、討厭看醫生、不喜歡洗澡、妄自尊大、任性、粗心糊塗……

說也說不完，就到此為止。你其實是男人中的男人。

我就是看上你這一點。

（讀賣週刊／1978・2・11）

隔壁家的狗

之前住在霞町的公寓時，我認識了附近的一隻公貓。那是隻五歲左右的大白貓，脖子上掛的不是鈴鐺而是一個橡膠奶嘴。我忘了牠的名字是三太還是三太郎，只記得自己飛快地寫下類似的名字。

牠表面看起來很威風，其實很黏人；一呼喚就從圍牆上跳下，彷彿找人打架似的衝過來、又摩又蹭；正嬉鬧間猛然又發現自己在他人面前媚態盡出，馬上露出「我這是在幹什麼」的態度，裝出一副若無其事的樣子傲然離去。但牠脖子上掛的又是奶嘴，那情景實在是有趣極了。只要出門時遇到這隻貓，我就會覺得今天一定會遇到好事，進而心情愉快起來。

我自己也有養狗和貓，卻喜歡上別人家的貓狗，多少心生愧疚。儘管心中對「伽俚伽」感到過意不去，卻還是默默地享受那種遇到十隻貓就有十種個性的樂趣。我似乎能理解男人搞外遇的心情了。

七年來，我和附近的貓狗大多混得很熟，唯一對隔壁家的狗沒轍。

那是隻看起來很不起眼的棕色雜種狗，被綁在庭院角落的樹上。每次我伸手越過籬笆想要撫摸牠，牠就拱著皮包骨的身軀、豎起毫無光澤的毛對我狂吠。我常看到牠的食物不是餿了就是沾滿蒼蠅，裝水的罐子也多半是空的。

隔壁是間相當大的民宅，應該是公家機關的宿舍吧。似乎常借給別人辦宴會。白天幾乎沒有什麼人聲，入夜後整間屋子燈火通明，不時傳來酒醉男子的喧鬧聲。看來狗也很清楚不到宴會結束是沒有東西吃的，常聽到牠配合著軍歌和拍手聲嗯啊地發出鼻音哼唱。

這樣的情形大約持續了兩年。

突然間那家人躲債逃跑了。被倒帳的商人立即上門搬家具抵債，肉販搬走了冰箱、酒店搬走了電視……只剩下貼著強制查封紙條的老房子和那隻狗。

狗依然被拴起來，牠坐在棄置於庭院的榻榻米上，發了瘋似的晝夜哭泣。或許是附近鄰居提出了妨礙睡眠的抱怨吧，一星期後就被帶去收容所。

那天早上我烤了鯡魚，連同牛奶一起用木棒推進籬笆裡面，狗吠叫得比平常更激烈。傍晚我忙完工作回來時，榻榻米上已不見狗的蹤影，鯡魚也只剩下魚骨頭。我不知道那隻狗叫什麼名字，也從來沒看過有人呼喚牠的名字或是好好關愛牠。

我打電話約朋友到六本木飲酒玩樂。我沒有提起那隻狗的事，玩鬧間卻不由得感到悲憤，結果因爲一點小事和人起了衝突，壞了當晚的酒興。

（家庭畫報／1977·7）

狗的銀行

向田鐵。

這麼一寫，倒像是我的弟弟一樣，但這可是貨眞價實的狗名字。牠是被稱作甲斐狛的中型日本犬，擁有一身漂亮的栗色皮毛。我二十多歲時，曾和牠有過十個月短暫相處的時間，這隻狗教會了我許多事。

家裡剛領養時，牠還只是個像熱狗麵包般大的小狗。

我們一家人圍在小狗身邊猛喊「好可愛，好可愛」，想看小狗的臉還得趴在榻榻米上才行。爲了方便欣賞，我們將小狗放在台階上，一下子要牠看這邊，一下子要牠看那邊，小狗因此受到驚嚇跌落地板，造成前腳脫臼。

我們立刻拿了一件毛衣將小狗包起來，送去給獸醫治療。

「牠叫什麼名字？」獸醫問。

「向田鐵。」聽到我這麼回答，中年的醫生不禁笑道：「居然有名有姓，好厲害呀。」

獸醫幫小鐵裝上衛生筷做成的支架，有段時間牠必須一拐一拐地走路，但過了不久又開始活蹦亂跳了。當時的社會對於放養家犬並不排斥，我們又住在郊外，小鐵時而頭鑽進鄰家雞籠探索，時而在竹林裡亂挖新筍，就這樣自由自在地長大。

牠的興趣是惡作劇和收藏東西。

狗屋就放在庭院的藤架下，我們常看見牠在狗屋旁邊挖地洞，似乎是把各處叼回來的東西埋在裡面。趁著小鐵率領附近眾犬遠出之際，我檢查過牠的收藏品。

地洞比我想像的要深許多，裡面的東西眞可謂五花八門。

小孩球鞋、拖鞋、男襪（都只有單隻）、舊牙刷、啤酒瓶蓋、鬃刷、魚頭、牛骨、晒衣夾……不知道爲什麼還埋了一副沒有鏡片的眼鏡框。正當我滿手泥巴專心挖掘之時，突然有人推我的屁股，回頭一看是小鐵回來了，牠用頭在推我。

「難道你有近視眼嗎？」我將眼鏡框上的泥土清乾淨後戴在牠頭上。小鐵不習慣地甩脫掉，然後前腳抵在地面上，翹起屁股對我大叫。那是牠高興時的動作。

波吉在屋後田裡哭泣，

老實爺爺輕輕一挖，

裡面是嘩啦啦的金銀錢幣……

我忽然想起小時候祖母教我的兒歌〈開花爺爺〉。

雖然不是金銀錢幣，這裡卻正是狗狗的銀行。野生動物會將獵物埋在地下儲藏，儘管被人類飼養，每天伙食不斷，但沉睡在體內的血液仍會讓牠做出和祖先相同的行爲。我一邊將挖出來的東西放回原處埋好，一邊心想原來儲藏東西乃生物的本性呀。

當時的我並沒有存錢。

我甚至連存摺都沒有，自然也不會想存錢。我身爲第三代的江戶子（注一），一向抱著不留隔夜錢的主義。其實是薪水不高，與其存那上不了檯面的一點小錢，還不如投資在自己身上，日後也划算些。嘴裡講得冠冕堂皇，說穿了就是耽於逸樂。

我倒也不是因爲看到小鐵的收藏才起了存錢的念頭，但之後我確實跟母親拿了平常很少用的印章，辦了生平第一本寫著自己名字的存摺。

那是家位在日本橋的銀行。

至今我仍清楚記得自己將嶄新的存摺放進皮包走出銀行時的心情，就像路上所有行人都在對我行注目禮般興奮不已。

我好想大聲昭告天下：「我也有存款了！」彷彿自己終於獨當一面。

之後我從東京車站搭電車到新宿去，在車上看著坐在對面的乘客，腦中開始進行失禮的想像。

那個人擁有多少存款呢？

雖然穿著有些破爛，但那種人往往有些小錢。

隔壁的學生……啊，不可能有，搞不好還欠房東太太錢呢。

下一位花枝招展的年輕小姐應該也沒有；不，說不定有呢，如果有的話……所謂的想像，就是內容再怎麼失禮別人也不知道，也因此才有趣。我完全忘了昨天毫無存款的自己，充分利用下車前的時間享受這祕密的樂趣。

據說《放浪記》的作者林芙美子（注二）女士一坐上電車，便會先環視車廂，想像一旦此刻發生車禍，要抓著哪個男人的手逃生。缺乏膽識、不求長進的我只能想像別人荷包的大小。

然而引發我存款動機的小鐵，卻因爲罹患犬瘟熱，在十個月大時過世了。我拜託

注一：地道的東京人，意謂著個性豪爽、不拘小節。

注二：林芙美子（1903-1951），小說家。代表作《放浪記》係描述自己出身貧困的流浪經驗。

獸醫就算會殘廢也一定要救活牠，甚至下了重藥，依然沒救。明明已經幾乎失去意識了，叫牠名字，尾巴依然會擺動。看著牠無力地舔著我的手，只讓我更難過。

我去日本橋的銀行提款，買下深大寺的動物靈骨塔，作爲小鐵的墳墓。

將牠的屍體交給靈骨塔管理員的那天，我買了許多百合花一起放進棺木裡。因爲牠是日本犬，黑色尖嘴和百合花瓣有些類似。本以爲母親會跟我一起送牠最後一程，結果她居然說要去（百貨公司買東西，眞令人生氣，覺得母親眞是無情，只好一個人去送行。沒有主人的狗屋，教人看了好不傷心。

傍晚母親回家時，卻紅腫著雙眼。

「因爲我太難過了，就在百貨公司裡一邊逛一邊哭。」說完又開始掉淚。

小鐵過世至今已經有二十個年頭了。只要在路上看到栗色的日本犬，我仍改不了心頭一震、停下腳步的習慣。

至於我的存摺，覺得金額少了就存一點，以爲錢很多就用掉一些，所以始終維持在低空飛過的高度。好一陣子沒有去看小鐵了，再買一把百合花去深大寺掃墓吧。

（朋友／1976・11）

味醂魚乾

一提到味醂魚乾，我就想哭。

淚水的滋味有二，夾雜著懷念和氣憤。

小時候，如果父親出差或是參加晚宴遲歸，只有女眷小孩的餐桌上總少不了味醂魚乾這道菜。

祖母穿著灰色和服，頭上包著布巾用扇子搧著火爐。扇子是蔬果鋪送的，白色扇面上畫著拙劣的茄子和小黃瓜等圖案，前端有些燒焦。年幼的我在祖母身旁幫忙將烤好的味醂魚乾扯下來，橫排三條、豎排三條。刷上味醂的魚乾緊粘在鐵絲網上，我得小心翼翼地拉扯才不至於將魚尾巴扯斷，可是手指頭一下子就溼黏黏的，常因爲沾到衣服而捱罵。

餐廳裡傳來母親正準備飯菜的聲音。祖母將鐵絲網上翻過身的味醂魚乾夾到白底藍花的碟子裡，累積有五六條後，就催著我趕緊送進餐廳。

身穿白色圍裙的母親接過烤好的魚乾，一雙手因為家事操勞而紅腫皸裂。有時她的手腕上會套著橡皮筋，橡皮筋在當時應該算是貴重品吧。祖母和我不斷往返廚房和餐廳之間，總是最後才坐上餐桌，但也因此才能吃到剛烤好入口還滋滋作響的味醂魚乾。

眞的是很棒的滋味！

那是距今四十年前的舊事了。或許是當年的食物不如今日富足，而且平常愛罵人的父親不在家，心情比較輕鬆；加上當時住在人生中最小的房子裡、父親薪水不高、家中食指繁浩，我也已長大到足以懂得母親維持家計的辛勞，因此對味醂魚乾總抱著如同翻閱童年相簿般的情感。

一想起那氣味，我的眼前就會浮現當時租來的房子隔間、餐桌上六角形的醬油罐和自己專用的飯碗圖樣。

因此，有時我會很想吃味醂魚乾，卻發現今日的飲食水準墮落太多。那種東西根本不叫味醂魚乾！

容器裡一如往昔排列著九條魚乾，撒上白芝麻的作法也跟以前一樣，但味道就是不對，沒有半點香氣。特別是店家為了增加光澤，魚身像塗了一層薄薄的膠水般，套了膠膜似的油亮得很不自然，叫人難以接受，又乾又硬像是故意使壞心眼。

「新鮮的沙丁魚太貴了，所以現在都是用冷凍沙丁魚和合成的味醂烤的，怎麼可能會好吃呢。」賣魚的老爹也覺得生氣。但杵在那裡生氣抱怨也不是辦法，乾脆自己買回家做。

我參考福知千代女士寫的《醃漬食品．常備菜》第一百頁的鯡魚味醂魚乾作法，買了新鮮的小沙丁魚回家嘗試。悲哀的是住在公寓只能在陽台燒烤，偏偏我家隔壁住的是服務於美國大使館的技師，他正躺在陽台椅上作日光浴，似乎對這氣味很敏感。我擔心萬一發展成國際問題就糟了，只好改放到浴室，拿出電器行中元節送的化妝用小型風扇吹乾。或許是使用過度，電風扇壞了，整個浴室都是魚腥味。儘管自製的味醂魚乾滋味不錯，但也敬謝不敏下不為例了。

朋友們知道我愛吃味醂魚乾，經常從各地寄來給我。某地的魚河岸店家、稻村崎的某某魚鋪，各家有各家的滋味，都很好吃，但最令我感動則應該是鹽釜某家魚店做的味醂魚乾。

是那種作法很傳統、醬汁淋漓的味醂魚乾。

九條黏稠的焦黃色醃沙丁魚像從前一樣包在一起，醬汁多得連包裝紙都溼透了。

包裝還是從前那種大紅大綠、圖案粗俗的紙，讓人覺得親切。味醂魚乾就是要這樣才對，看起來物美價廉、不用裝模作樣。我心想將來有機會可以送朋友做點人情，特意將包裝紙收了起來，只因生性不善整理瑣碎，竟不知收在哪裡了，覺得很可惜。

明知道味道不對，我還是常常買味醂魚乾。黃昏時，聽見街頭傳來叫賣豆腐的喇叭聲——其實現在東京已經難得聽到賣豆腐的喇叭聲了，但我記憶中的黃昏總是響著賣豆腐的喇叭聲——我便抱起菜籃，到琳瑯滿目的小魚攤或醬菜鋪買味醂魚乾。

我常用老饕的口吻說，吃懷石去「枡半」最好、西餐的話「阿利達里亞」味道不錯，固然我是真心推薦，但老實說那是對外的說法，我最喜歡的還是穿著家常服吃蛋包飯蘸醬汁，也喜歡將吃剩的炸菜捲回鍋燉煮得甜辣可口。在我說得正冠冕堂皇時，彷彿聽見從天空一角傳來這樣的聲音：其實妳的本性是味醂魚乾啊！

（Mrs.／1976・11）

夢幻的醬汁

我在外面吃到美味佳肴，心裡決定「嗯，我絕對要做出相同的味道」時，總是會擺出某個特定姿勢。

我會全身放鬆，右手輕抵著右邊的太陽穴閉上眼睛。餐廳裡雜沓的人聲、音樂、同桌友人的談笑聲都瞬間消失，我一個人坐在黑暗中，打算專心品嘗剛剛的滋味。

不知道什麼緣故，當我感覺到所有神經脹得跟彈珠一樣大，全都往右眼深處集中時，「好！這味道我記下了」。

對名廚創作的口味驚豔、偷學、記憶，趁著還記得時重新再現——這就是我學習做菜的方法。

「妳頭痛嗎？」不知情的人會如此擔心地問我。我自以爲是羅丹的「思考者」或閉上眼睛指揮的卡拉揚；但嘴巴惡毒的朋友卻笑我是盲劍客座頭市在吃東西，看來我在思考中還會不時翻白眼。嘴巴長在別人臉上隨便他們愛怎麼說，我就是靠這樣記住既沒有樂譜也沒有方程式的「味道」的，哪還顧得了形象呢。

透過這種方式，我的食譜上增加了若竹椀（注一）、澤煮椀（注二）、以醬油為底的醬汁、蒜頭炒蛋等菜色。大部分的菜，只要向廚師請教一下祕訣，就能做出近似的味道。唯有一樣滋味我卻完全不知道如何重組再現。

那是五年前我在巴黎享用的黑胡椒牛排上面的蘸醬，是在歌劇院前面一家地下室的小餐館中聆聽阿瑪莉雅．荷蒂黎潔絲（注三）的法朵（注四）時品嘗到的。

褐色的濃郁醬汁，強烈厚重的滋味深深地震撼了我，在我四十多年的飲食歲月中，我頭一次遇到這種味道。像往常一樣，我舉起右手抵著太陽穴，閉上眼睛想記下這個滋味，卻完全猜不透它的材料和製作手法。

舞台上，身著黑色禮服的阿瑪莉雅．荷蒂黎潔絲正引導大家合唱當時巴黎剛開始流行的香頌〈香榭大道〉（Les Champs-Elysees）。我害怕唱得太大聲會忘記那滋味，只好輕聲唱和。在歸途的飛機上仍不斷反芻，並答應同行的澤地久枝女士，回日本後做出同樣的成品請她品嘗。一言既出，可就駟馬難追了。

到達東京，一等時差調整過來，我立刻翻閱法國菜食譜，在辻靜雄寫的《愉悅的法國菜》中找到了該醬汁的作法。

該醬汁的正式名稱是 gras de viandes（久熬的肉醬濃汁）。看了其材料表和作法，簡直是勞民傷財。只爲了做出五公克的醬汁，就需要牛小腿肉三公斤、小牛小腿肉兩公斤、小牛骨一公斤、奶油兩百公克、紅蘿蔔、洋蔥、香蔥兩百公克、西芹七十公克、香料束、蒜頭一顆、胡椒粒十粒、丁香一枝、水八公升、鹽十五公克。

所有材料研磨、剁碎，按順序調和、拌炒、沸騰、轉小火熬煮五個小時，轉大火鎖定醬色，接著改用文火，一邊將湯汁淋在骨頭慢燉，繼續熬煮三個小時，去浮沫、油脂，過篩，再加清水繼續熬煮幾小時……過程繁複沒完沒了，暫且打住。總之費時十幾個鐘頭。

我做出來了。

我汗流浹背地忙完一天，終於完成了一小鍋褐色果凍般的醬汁。我立刻煎了黑胡

注一：以竹筍、海帶芽為材料的湯品。

注二：將食材切成薄片加以冷凍後切絲作成的湯品。

注三：阿瑪莉雅・荷蒂黎潔絲（Amalia Rodrigues, 1920-1999），葡萄牙法朵女歌手。

注四：法朵（fado），葡萄牙情歌。

椒牛排，舉起右手抵著太陽穴閉上眼睛，將彈珠般的神經集中在右眼深處慢慢品嘗。很相似，果然是我的「香榭大道」。

我立刻打電話告知澤地久枝女士成功的好消息，並且盛大地約了植田依津子（注）女士近日一起舉辦試吃會；遺憾的是這場餐會最後沒能實現。因爲每週來家裡打掃一次的幫傭以爲那個醬汁是煮壞的肉凍，把它倒掉了。在巴黎品嘗到的美好滋味，以及在我家重現僅此一次的夢幻醬汁，就此離我遠去。或許是那一天的辛苦嚇到我了，在那之後我養成了吃法國菜時用麵包蘸醬汁吃得一乾二淨的習慣。

（Mrs.／1978・2）

注：植田依津子（1928-），日本名服裝設計師。

水羊羹

我是靠寫電視劇本度日、嫁不出去的女孩子家（？），不過比起編劇的頭銜，我倒覺得自己更適合當味醂魚乾或水羊羹的評論家。今天且就水羊羹發表一下拙見。

首先，水羊羹的重點端看其切面和切角。

若沒有如宮本武藏或眠狂四郎揮刀滑過水面留下的鋒利切面，以及幾乎能割傷手指的尖銳切角，就稱不上是水羊羹。

水羊羹底下會墊一片櫻花葉，淡綠和淺灰色的組合，除了增添櫻花的幽香，想來也具備將水羊羹移到容器上的功能。換句話說，只要拉扯底下的櫻花葉，水羊羹便能毫髮無傷地移動，眞可謂是「古人的智慧」。

水羊羹一如地道的江戶人荷包一樣，容不得過夜。雖然不會壞掉，表面卻會「起皺」。因爲水分滲透出來，讓水羊羹變得淡而無味。淡而無味的水羊羹就像沒放奶精的咖啡一樣難喝。

變硬的水羊羹。

感覺很不入流，更糟的是顏色開始泛黑。

小學時的書法課，用的是一種叫「花墨」的墨。不知道爲什麼，當年小朋友間流行把墨汁磨得很濃，常背著老師加入杉葉，讓墨汁變濃稠。如今回想，當年眞的什麼都不懂，因爲墨色就是美在像水羊羹般的淡雅和縹緲虛無的感覺。

水羊羹不能一口氣吃兩片。儘管它口感不錯，會讓人忍不住，但仍須咬牙忍耐一次只享用一片。自傲能一口氣吃下四片的人根本是蠢蛋，應該好好學習了解「一」的深意。

靜下心來，好整以暇地沖泡一杯香氣四溢的新茶。一到水羊羹的季節，我會用白磁蕎麥杯搭配京都根來漆器的茶盤，水羊羹不是盛在樸實的薩摩（注一）玻璃盤中，就是放在肉色中帶點淡粉紅、邊緣綴有一圈水藍，小山岑一做的荷蘭風小碟子上。

對於無法分辨水羊羹和羊羹有何不同的男生，根本不用端出水羊羹。那種人只須拿柏青哥贈品架上那種包裝盒特大、底下用厚紙板墊高，羊羹既細又小、還顯得異常油亮，一看就知道是便宜貨的東西敷衍即可。

既然都已經如此費事，燈光不也該用心調配一番嗎？在日光燈下被食用的水羊羹實在太可憐了。

光線必須是穿透竹簾的自然光，否則至少也該在傳統電燈泡的暈黃燈光下品嘗。更講究一點，與其使用冷氣空調，不如打開窗戶，在自然的空氣和微風中享用。

該挑什麼樣的情調音樂陪襯呢？

我認爲米莉・瓦儂（Milli Vernon）的〈Spring Is Here〉最適合。這位美麗的女歌手在一九五〇年只留下了一張唱片，從此生死未卜、音訊杳然。冷淡中帶點甜美、慵懶而溫暖的歌聲，與水羊羹堪稱絕配。如果要聽古典音樂，貝洛夫（注二）所彈奏的德布西〈版畫〉（Debussy: Estampes）或許也不錯。

水羊羹是很平易近人的點心，每家點心鋪都有擺設，相對地也就很難遇到眞正好吃的極品。

注一：九州鹿兒島。

注二：貝洛夫（Beroff, 1950-），法國鋼琴家。

目前我最中意的是「菊家」。從青山的紀伊國屋往六本木方向前進，走三分鐘，就可以在右邊的柳樹前看到一間小巧的店面。

老闆娘穿著高雅的和服，用她特殊的低啞嗓音殷勤招呼客人。她的兩個兒子都在裡面製作點心，品味超群、手藝精湛，不論是生菓子還是干菓子（注）都很細緻。遇到舉辦茶會的日子，中午過後去便往往向隅。

一進店門先坐在右手邊鋪有紅毛氈的椅子上，光是欣賞小紙片上用淡墨所寫的品名「唐衣」、「結柳」等，就令我感嘆日本眞是個好國家。想來這些書法都是出自美麗的老闆娘之手。

或許有人覺得一年到頭都能吃到水羊羹該有多好，我可不那麼認爲，畢竟水羊羹跟中華涼麵及冰淇淋不同。在新茶剛出的季節上市，到扇子收起時也跟著消聲匿跡，水羊羹的生命就該如此短暫才好。

（Croissant／1977．7）

注：日式點心，前者是指用火將材料加工蒸過之軟濕點心。干菓子是以砂糖為主要材料，塑造模型，壓出凸花紋的點心。

穩重之美

流經曼谷的湄南河對岸，有個名叫楝（Thonburi）的小鎮。約十年前，我曾在這裡的泰國人家作客一星期，據說日文蓋碗「丼」（Donburi）的語源就是來自這個地名。泰國自古就有一種名爲宋胡錄的陶瓷，或許是眞的也說不定。

既然是原產地，我以爲一般居民也愛用蓋碗「丼」，其實不然；路邊一碗賣一泰銖、攙有魚鰾的咖哩飯是裝在鋁盤賣，用鋁湯匙舀來吃的。

丼在日文因爲有工匠的丼掛（圍裙）、丼戡定（一團糊塗帳）等俚俗用語，給人一種粗獷、不登大雅之堂的印象，我個人卻很喜歡。

不管是天丼（炸蝦蓋飯）還是親子丼（雞肉滑蛋蓋飯，這名字究竟是誰取的，眞是天才），捧著沉甸甸、熱呼呼的蓋碗大快朵頤，那種充滿生命力的飽足感，是其他食物難以取代的。

因此蓋碗不需要太高級，質地輕薄的杯碗不會有那種生命力，圖案也是越簡單越好，講究的彩繪會給人壓力。便宜好用，萬一打破了只要說聲「對不起」就能了事的器皿，蓋碗算是代表中的代表。

裝在碗中的食物與其是出現在某高級餐廳的名菜，我更喜歡附近麵店賣的厚皮炸蝦或尾巴超出碗蓋的炸蝦蓋飯。筷子也只要衛生筷即可，不需要筷架也無所謂。

忙碌的搬家時刻、家中來了毋需客套的女性友人、沒有時間又氣氛熱鬧、不想花費工夫只想飽餐一頓時，蓋飯似乎是最輕鬆方便的選擇。

平常若是餐桌上菜色太少，我會覺得不過癮，偶爾爲了糾正這種虛榮的毛病，我會吃蓋飯。

一旦決定吃炸蝦蓋飯，就必須堅持到底只吃炸蝦蓋飯，絕不陷入這也想吃、那也想嘗的三心二意。更重要的是，吃蓋飯時絕對不能剩下來。

最好吃的是吸飽醬汁留在碗底的那口飯。沒吃完那口飯，就不能說你吃了蓋飯。

蓋飯好吃的祕訣不在於調味或是裝盛，我想應該是先讓肚子覺得餓吧。

（Madame／1978．11）

一本書——我是貓（夏目漱石著）

認識這本書是在小學五年級的時候。

那時我住在鹿兒島，就在那個因西鄉隆盛（注一）而聞名的城山上。我在家中寬闊的倉庫裡找到了這本書。由於父親調職，我們剛從東京搬過來，還無法適應當地的方言，也還沒有結識新的朋友；或許因爲如此，放學一回家我便找書來看。這時我早已從安徒生、格林童話畢業，同學間傳閱的吉屋信子（注二）《花物語》等小說，我雖然也讀過，但不是很熱中，反倒喜歡偷看母親的《主婦之友》或祖母的《King》等婦女雜誌。

父親從小家境不好，學歷只有高等小學畢業，但他非常喜歡閱讀，結婚當年甚至每個月六十五圓的薪水中有十二圓十五錢是給書店的書資，母親至今一提起仍滿腹抱怨。

我們家那個有四張半榻榻米大的倉庫裡全堆滿了書。《明治大正文學全集》、《世界文學全集》、《北村透谷全集》（注三）、《廚川白村全集》（注四）、《富士立影》（注五）、《南國太平記》（注六）、《克魯波特金全集》（注七）等等，書背上的書名我仍全數記得。

《夏目漱石全集》就放在最角落。不知道爲什麼，其中只有漱石全集的書背不是褐色的，還能看見紅綠兩色的布面內襯。或許父親也喜歡這顏色，才故意擺在顯眼的位置吧。

我像是被吸附過去似的，拿起了第一冊。

注一：西鄉隆盛（1828-1877），鹿兒島人，日本明治維新的領導人物。

注二：吉屋信子（1896-1973），小說家。一九一六年因《花物語》連載於《少女畫報》而成名。

注三：北村透谷（1868-1894），文學評論家。

注四：廚川白村（1880-1923），文學評論家。

注五：白井喬二著，描寫富士山下熊木、佐藤兩家歷經三代的對立故事。

注六：直木三十五著，以幕府時代末期的江戶和薩摩為舞台的歷史小說。

注七：克魯波特金（kropotkin, 1842-1921），俄國社會思想家、無政府主義理論家。

《我是貓》。

我毫不猶豫地翻開書本。

「我是貓，還沒有名字。」

有生以來第一次背著父母偷看大人小說的興奮與惶恐，隨著這句開場白已煙消雲散，之後只覺得內容太有趣，有趣到幾乎不願意睡覺和上學。

倉庫像牢房一樣只開了一個透光的小窗。移動窗板，明亮的光線呈條狀射入陰暗的倉庫裡，微風也帶來了後山上盛產的夏橘、枇杷香味。

埋首書中我不時還得抬頭注意天花板，免得有壁虎、蜈蚣掉下來。一聽到母親和祖母有什麼動靜，也必須趕緊衝回自己在倉庫旁邊的房間，拿出相馬御風（注一）寫的《良寬和尚》（注二）擋在小說前面，為被逮到做好準備。

如今回想我也算早熟，只是才小學五年級的孩子能懂得多少夏目漱石，頗令人懷疑。我想，自己一開始也只是將小說當「故事書」在讀吧。將拔下的鼻毛排成一列的男主角苦沙彌教授、寒月君，我個人倒是很喜歡壞蛋車夫阿黑。沉浸在書中時，彷彿那個蓄著鬍鬚、看似偉大的夏目漱石先生也拿我當大人看待了。

讀著用大人語言深刻敘述的社會百態，我突然覺得平常和妹妹們的爭吵、為了點心大小而哭鬧的行爲是多麼愚蠢無聊。

苦澀的諷刺、詼諧、男人的本性，以及小說，說得更誇張點就是文學。

雖然很難解釋，但這本書教會了我何謂廣大、深遠、可怕的存在。我作夢也沒想到在二十五、三十年後會靠著鬻文維生，直到最近才發覺這本書在我心中早已成爲人生的刻度。

第一本相遇的書就像初戀情人，甚至也可以說像第一個以身相許的男性吧。

未經深思、也無人推薦，在完全偶然的情況下拿到的這本書，竟是芳香四溢的「極品」之作，這一點讓我覺得很幸福。

（Junon／1977・6）

注一：相馬御風（1883-1950），詩人，晚年專事良寬研究。

注二：良寬和尚（1603-1867），德川時代晚期的禪僧、詩人、書法家。

國語辭典

女人一旦畢業離開學校，就不太常查字典；結婚生子後，更是束之高閣絕對不再碰。然而，沒有任何一本書會比字典更廉價、方便和有趣的了。

傷心想哭的時候，我會翻開桌上的字典，查閱「眼淚」。

眼淚（namida），遭遇無法忍受的強烈感動時，眼中流出的液體，主要是人類。

我突然覺得有些好笑。我拭去眼中流出的液體，心想既然寫著「主要是」，意謂除了人類以外還有其他會哭泣的動物嘍。是馬、狗還是鯨魚呢？想著這些，我就不會再為無聊小事鑽牛角尖了。

於是我又繼續往下看。

下肉（naminiku），相對於上肉、中肉，對廉價肉品的委婉說法。

這就是字典上的解釋。

那麼，我還是擦乾淚水，出去買「委婉說法」的廉價肉品吧。

小孩是從母親那裡學習語言的。孩提時期錯誤習得的語彙，將一生跟隨著自己。我也是跟著母親和祖母學了一些奇怪的說法，長大後才靠字典訂正過來。我覺得母親查閱字典的身影很美，對子女來說那就是一種「教育」。只用一件特價襯衫的價格就能受用一生，買字典眞是太划算了！

我不知道人的一生可以讀多少書，但女人似乎總在自己喜愛的狹隘框框裡閱讀類似的書籍。偶爾也該拋開成見，跳進不同的世界看看才對。

有段時期我選了《黃金比例》這本艱澀的建築用書來研讀——不對，不能說是研讀，只能說是掛在門邊摸索。畢竟我沒有基礎知識，讀一頁總要花上幾小時。我就像讀聖經一樣，每晚就寢前都讀一點，足足花了三個月才讀完。當然我對內容是一知半解，但至少稍稍窺探了一下完全陌生的世界，從此欣賞建築的眼光也變得不一樣。日後走進書店，我開始往以前不曾靠近的建築書架走去，隨手拿起一本難懂的書籍。當初那本書是朋友送我的，起初我也認爲對方是否搞錯了，如今卻很感謝那位朋友。因爲它爲我這個逛書店時只知道翻閱新書、食譜、美術等相關書籍的人，開啓了探索未知世界的一扇窗。

《左撇子的世界》（箱崎總一著）這本書並不難讀，甚至可說是淺顯易懂、十分有趣；同時它也是一本好書，帶我認識了過去所不知道的其他世界。

拔掉浴盆橡皮栓引起的漩渦，在日本是往左旋轉，在南半球的澳洲雪梨一帶則是朝右轉。魚蟹、蝸牛等也有左右漩渦之分。英語的 all right，乃源自於右撇子優先的思想。這本書透過這些獨特的小故事，告訴我原來我們生活在莫名其妙的偏見中。遺憾的是這本書已經絕版了。

一本字典夠我們用一輩子。此外也不要只追著暢銷排行榜跑，盡可能閱讀別人不讀的書籍、與自己的世界無緣的書籍、艱澀難懂的書籍，想來對促進腦細胞的活化肯定有幫助。

（我的小寶貝／1976．10）

勝負服

我在很久以前讀過一本書，書名忘記了，是一本調查音樂家死因的書。例如柴可夫斯基（注一）是死於傷寒，拉赫曼尼諾夫（注二）是神經衰弱，拉威爾（注三）死於車禍的後遺症等。每個音樂家的死因和音樂都有奇妙的關聯，頗耐人尋味。

算是東施效顰吧，有時我寫劇本遇到瓶頸，常會思索劇中某人在當時會穿著什麼樣的衣服。

比方說紫式部是穿著什麼衣服寫《源氏物語》呢？從源氏物語繪卷的聯想，她應

注一：柴可夫斯基（Peter Tchaikovsky, 1840-1893），俄國音樂家。

注二：拉赫曼尼諾夫（Sergei Rachmaninov, 1873-1943），俄國音樂家。

注三：拉威爾（Maurice Ravel, 1875-1937），法國音樂家。

該是穿著十二單衣，悠閒地靠在竹簾後的小茶几振筆疾書吧？不過平安時代沒有冷暖氣，紫式部應該也挺辛苦的。

根據書上記載，十二單衣是當時高位女官穿著的朝服，以今天的說法就是禮服（robe decolletee）。然而，在我的想像中，她平常應該是穿著更簡便的服裝——例如在炎熱的夏日只穿著一件貼身裙，搖著舊扇子寫下「漸覺世路艱辛，不如意之事越來越多；且裝作無動於衷，隱忍度日」（須磨）的字句。

冬夜裡因爲太過寒冷，她可能偷偷地披上了棉襖也說不定。

托爾斯泰在寫《戰爭與和平》時，大概是穿著名爲魯巴希卡（Rubashka）的俄國傳統服裝；而志賀直哉（注）老師寫《暗夜行路》時則穿著高級的結城織和服；海明威應該是狩獵裝，抑或是裸著上半身，展露引以爲傲的肌肉。

我甚至認爲《咆哮山莊》的作者愛蜜莉．勃朗特如果有牛仔褲可穿，這部作品或許會變得更輕鬆易讀也說不定。

緊接在古今中外大文豪之後提起我這個名不見經傳的文字工作者，真是有些汗顏，但我在工作時也會穿上自己的勝負服。

勝負服，乃是賽馬騎師比賽時所穿的彩衣。有的是紅、黃等色彩交錯的條紋，也有大小不亞於公共澡堂瓷磚的格紋，總之遠遠一看就很鮮豔奪目，充滿賽馬的慶典氣氛和瞬間決定勝負的賭博性。我說這話可能會得罪人，但駿馬讓人騎著競賽，人們藉此大賭特賭、歡樂造勢，真是令人覺得莫名其妙、愚蠢之至。然而不論是人還是馬，比賽當時卻都是認真的。賽馬的勝負服蘊藏了以上所有意涵，所以深得我心。

假如我的勝負服也一樣就好了。若是鮮豔閃亮的尼龍布彩衣，我就一定不敢穿出門，如此工作效率自然提高。但要是我忍受不了一個人生活的寂寞而打開大門，一定會嚇壞推銷員的；說不定我也會覺得太丟臉，過度亢奮以致無法安靜寫作吧。

因此，我的勝負服十分樸素。不是素色的毛衣，就是圖案簡單不會令人焦躁的印花布，最重要的是舒適和自然。冬天通常是毛衣，但必須是輕柔、不會造成肩膀和袖口負擔的款式。有時突然靈感一來振筆疾書，寬大的衣領會晃動，因此不行。袖口有鈕釦也不行，最好可以跟身體保持若即若離的關係。平常我總是耽於玩樂，直到截稿時間逼近，才開始以一小時完成十張四百字稿紙的速度寫作，才會對勝負服有這麼多要求，好鞭策自己貧乏的文才，往截稿的目標奮力前進。

注：志賀直哉（1883-1971），小說家。

受到收視率這種無聊玩意兒左右，瞬間便化爲烏有的乾淨俐落與虛無——電視和賽馬其實也很像。

我還有專門的烤肉服，顧名思義就是吃烤肉時穿的衣服。比起高雅地用瓦斯烤，我比較喜歡用炭火烤得煙霧繚繞的店，那種桌椅都染上一層油脂的店面最好吃。但那種店通常都很難用乾淨來形容，因此我會穿上弄髒了不明顯、染上油漬也不會令我臉色大變，而且在回家前順路到飯店大廳小酌一杯也不覺得丟臉的衣服，那就是我的烤肉服。

目前我愛用的烤肉服，是黑底彩紋、一如克利（注一）畫作的印花布裁製的姬龍雪（注二）。我拿起已經穿了兩、三年的烤肉專用服，湊進鼻子一聞，也許是心理作用，我似乎還聞到上面有烤肉的香味。

我還有兩、三件會客服。我家養了三隻貓，一隻是暹邏貓，另外一對是柯拉特貓夫妻。近來這種貓已經不那麼稀奇了，有段期間家裡常有女明星來訪，一看見便猛抱著牠們大喊「好可愛」。

偏偏我家的貓個性跟主人一樣怪，不太懂禮貌，常豎起尖爪抓壞客人高價的衣服。

我一邊用貓語斥責，心想生氣對心臟也不好，便乾脆準備兩、三件寬鬆的尼龍長袍，請客人挑喜愛的花色披上。說穿了，都是我穿舊的衣服。

這些會客服再穿舊些就成了生病服。飼養動物最怕的就是生病和死別，穿上生病服就能整晚抱著寵物，安慰牠們說：沒關係，弄髒衣服也沒關係，我不會罵你們的；同時也可以用作臨終照護之用。我不喜歡太過寂寞的顏色，現在用的生病服是與灰色貓咪很搭的橘黃色印花布。

（Print／1977．10）

注一：克利（Paul Klee, 1879-1940），瑞士畫家。

注二：姬龍雪（Guy Laroche），名牌，設計向以高貴優雅見稱，帶有濃厚的法國浪漫色彩。

人偶的衣服

我生平縫製的第一件衣服是人偶的衣服。

人偶是父親買給我的日本娃娃，橫放時眼睛會卡擦一聲闔上；用力一壓藏在腹部裡面的小笛子，還會放肆無助地哇哇大哭。

印象中，人偶原本穿的是紅色和黃色的麻葉圖案和服，腰間繫著黑色長圍裙。我覺得看起來跟傭人一樣，不太喜歡，就跟祖母要了一塊碎布。

祖母從櫃子裡拿出一個小衣箱。她是個不幸的女人，從年輕時就四處飄盪，因此衣箱四角都破損磨白了。祖母解開十字型的繩結，衣箱裡收著許多奇妙的碎布。碎布大小普通，但圖案很特別，約半張明信片大小，有一連串深深淺淺的藍色，也有灰色和茶褐色的布片。除了單色的，也有藏青色的條紋布。祖母的老家在高崎是開染坊的，那些碎布是家裡拿來的樣品。

祖母將碎布攤在榻榻米上讓我挑選。但我卻好難過，因爲翻遍了就是找不到紅色的布。這樣子人偶的新衣服不就跟老太婆穿的一樣了嗎？

而且那些碎布還有些潮濕，湊近鼻子聞，沁出了祖母常服用的清心丹、解熱丸和菸絲的氣味。可是祖母都拿出來了，我不能說不要，就選了一組有銀灰色條紋的碎布。祖母幫我按人偶的尺寸裁好布片，並讓我幫忙縫袖子。那塊布料是一種會沙沙作響的絹布，質地很厚，針線很難穿透。

如今回想，那眞是件漂亮的衣服，運用各種銀灰色條紋的布片綴補而成。父親一看到我玩那個人偶，總會一臉不悅地怒斥：「換上原來的衣服！」我卻越來越喜歡那件銀灰色的衣服。

時間一下子跳到三十年後。夏天一向只穿洋裝的我，只訂做過一件夏季和服。那是進口的洋裝布料，是我在布莊發現的白底銀灰色條紋布。雖然是化學纖維，但觸摸的手感不錯。我很想做成和服試試，便毫不猶豫地買下縫製，搭配橘紅色的腰帶穿上街頭。在美容院，還有人問我那是什麼布，又是在哪裡買的呢。

當時我完全沒發現自己爲什麼那麼衝動地做了一件夏季和服，還是白底銀灰色條紋的。直到事後才猛然發覺，那圖案跟七歲時做給人偶的衣服很像。

（日本服裝／1978·11）

敷臉的心理學

遠在埃及豔后的時代，女人爲了愛美可說是鞠躬盡瘁。古埃及的貴婦將孔雀石研磨成綠色粉末塗在眼皮上，據說是爲了抵擋強烈的陽光，預防眼病；但其實是藉口，她們早明白塗眼影的效果。凱薩大帝和安東尼或許正是被埃及豔后那畫著羅馬女人所沒有的綠色眼影的黑色眼眸所媚惑也說不定。

日本女性的勤勞也不惶多讓。那長達一公尺的黑髮，幾乎可和十二單衣並列爲平安時代女性的象徵。想到在沒有美容院和吹風機的時代，她們是如何洗頭和吹乾頭髮的，翻書一查果然是有專門用來吹乾頭髮的排水板。

在兩、三名侍女協助下洗完頭髮的某某式部（注一），先躺在通風良好的走廊上，將濡濕的長髮披散在細長的排水板上，侍女則在一旁揮動大扇子。

由於如此大費周章，總不能每個星期都洗頭整理，難怪一年到頭覺得頭癢。我忘了是《古今集》還是《新古今集》(注二),裡面就有這樣的詩句(上聯是什麼也忘了)。

難忘斯人搔頭情

那個初次幫我搔頭的人,真是叫人思念——看來是一位有話直說的女性,在輾轉反側的寂寞夜裡吟詠詩句思念曾經幫她搔頭止癢的情人。

開場白似乎寫得太長了。比起這些前人的辛苦,我卻對不過十五到二十分鐘的敷臉感到不耐煩。恐怕會遭天譴吧!

有人說敷臉跟胎教一樣。

「做出最漂亮的表情,塗上面膜,再播放莫札特或奧莉維亞·紐頓強的歌。嫉妒、生氣或放肆地大笑都會讓面膜產生皺紋,讓表情變醜,所以只能想些美好的事,保持安靜——就跟肚子裡懷了寶寶一樣。

「這一瞬間,孩子正在成長。要抱著祈求上帝賜下健康寶寶的心情,遠離連續劇

注一:日本古代的文官,此處指類似紫式部的女官。

注二:兩者都是彙整古代和歌的詩集。

和搖滾樂，專心欣賞跟自己身分不配的西洋名畫和正經八百的古典音樂。敷臉的心情就跟胎教一樣。」

就是現在，就是這一刻，我一定會變美麗！

這種謙虛和期待重生與奇蹟的心情，或許可以算是一種信仰了。

話又說回來，敷臉眞是女性化的行爲。

敷臉是一種期待。

一種等待。

男人只等一瞬間，女人可以等候十個月。就算即將出生的小孩跟父母一樣長得其貌不揚，就算十五分鐘後輕輕撕去的面膜下仍是敷臉前的那張臉，女人還是願意作夢、願意等待。

儘管沒有科學證明面膜裡含有多少養分，又是如何修復肌膚組織，但就算只有一點點功效，甚至少到看不見，女人相信奇蹟的心情已確實讓她們變美。

有人說敷臉和催眠一樣。

「你已經開始覺得眼皮沉重。來，閉上眼睛——就像被拉進夢鄉一樣，你覺得想睡了……」

就跟被催眠一樣。

「哎呀，發生什麼事了？妳今天的皮膚怎麼特別細嫩？」

「沒有呀。」

「是不是有什麼好事啊？」

一個人在心中自導自演著明天的對話，自己對自己催眠。換句話說，就是自我暗示。

這種自我暗示就是讓女人變漂亮的最佳化妝品。

法國心理學家葸內說：「暗示是意識的轉移。」

美國的心理學家麥克杜格爾說得更諷刺：「理論上來說，就是毫無根據的確信。」

以上定義可說是看穿了敷臉女人的心理。

雖千萬人吾往矣。

一心一意，滴水穿石。

小豬被捧也能爬上樹——啊！這句話說得可能有些不太恰當。畢竟自己給自己戴高帽，吹捧自己的肌膚，只要信以爲眞，說不定哪天自己的肌膚也會變得跟凱瑟琳・丹尼芙（注）一樣雪白細緻。

敷臉的魔力並非只對肌膚有效，包含臉蛋、五官也都能變美。說得更誇張一點，它能帶給女人活下去的美夢。

女人只有在敷臉時不會照鏡子，但相對地會打開心房，看著心中那面自戀的鏡子。

一如肌膚塗上面膜一樣，女人心也裹上一層精神的面膜。

女人爲了變漂亮而盤腿打坐。

因爲相信奇蹟而望彌撒。

沒敷過臉的女人、從來沒想過要敷臉的女人、看見別的女人臉上貼著檸檬片而嘲笑的女人，根本就不能算是女人。

時間經過，撕去或洗去面膜，攬鏡自照。

很明顯地肌膚變得光滑細緻。

我眞的這麼想。

這一點是最重要的。欺騙自己的心情，說出連自己都無法分辨的謊。堅信不已，快樂地活下去。

就因爲如此，每個女人都能變得可愛、美麗，跟男人一起走過人生吧。

（Croissant／1978・9・11）

注：凱瑟琳・丹尼芙（Catherine Deneuve），法國著名女星。

抽屜之中

對於抽屜我早已死心。我的書桌有四個抽屜，外加四個放小東西的收納箱。就數量而言，跟一般人沒有太大差別，然而現在我唯一能夠找到的東西就只有耳挖子和錢而已，其他東西光是用想的就令我垂頭喪氣。

每次我一打開抽屜，總有什麼東西對我吐舌頭。有時是塞在裡面的信件或藥品說明書，惡作劇似的卡在上面，看了叫人火冒三丈、頭皮發癢。要是不留神亂翻，搞不好會被剃刀的刀片或小別針弄傷，因此在截稿日前我盡量不打開抽屜。

我一向買大量的紅白包放著，但抽屜情況如此，就算好不容易找到了，卻常折損得無法使用。還好出門走兩三步就是文具行，果然是做生意的，迴紋針等商品擺得清楚易找，於是我決定大氣一點，拿文具店當自己的抽屜。

遇到半夜需要郵票時，我會先打開冰箱，拿出水果或裝瓶的湯當禮物裝進紙袋，攔輛計程車，開往距離兩百八十圓車資的友人——澤地久枝女士家，擺出一副慰勞寫作的神情敲門，順便請對方施捨幾張郵票。澤地女士果眞是條理井然的人，在我等車之際，她像變魔術般拿出了郵票。每次她招待我進屋用茶的時候，我一定坐在能看見抽屜的位置，好隨時側眼觀察她如何收東西，以備不時之需。

別人的東西就是我的東西，「人生到處是抽屜」。那麼，我的抽屜究竟要用來做什麼呢？

（小說新潮／1976・7）

騎兵的心情

女人的尖叫聲吵醒了我。

晚餐過後，我看電視看到一半打起瞌睡，驚醒後看向電視，只看到頗嚴肅的座談會，跟女人的尖叫聲好像沒有任何關聯。我心想大概是隔壁的美國人夫婦在看警匪片吧。

我住在公寓的五樓，鄰居是安靜的學者型中年夫婦，卻不知爲什麼家裡的電視、音響總是開得很大聲。有一次我聽見救護車急促的警鳴聲呼嘯而過，趕緊跑到陽台一探究竟，卻發現馬路上毫無異狀，直到發現是隔壁鄰居正在收看的電視劇後，從此我對「那方面」的聲音疑心病加重。

然而我又聽見了尖叫聲。

「來人呀！」女人急迫的聲音夾雜著慌亂的腳步聲。眞的出事了！我趕緊衝到陽台上。

在我房間對面的馬路上，一個男人跑過來，女人在後面追著。男人胸口抱著什麼東西，大概是搶劫吧。一時之間我覺得自己應該有所行動，但馬上又發覺自己什麼忙都幫不上。

就算我現在立刻打開雙重門鎖，按鍵等待那個從地下一樓到八樓、目前不知停在哪裡的電梯到五樓接我，再從一樓衝出去救人，也絕對來不及。

更何況周遭還有獨棟的住宅，公寓大門口也有管理人在，應該會有人伸出援手吧？

可是不見有人出來。

男人黑色外套的衣襬如斗篷般翻飛，從公寓對面的馬路轉向右邊奔逃，女人啪答啪答地拖著涼鞋，不斷地大喊追趕。只見兩人的距離越拉越遠，終於看不見身影。

這麼寫來似乎很長，其實不過是一、兩分鐘的過程。

隔天一早我特別留意報紙，卻沒有看見任何報導。心想大概不是搶劫而是情侶吵架，爲自己沒有行動的心虛找藉口。

那是兩年前某個冬夜發生的事，當時紐約的報紙上有一篇關於「開膛手傑克」的報導。即便聽到女人尖叫，高樓大廈的居民也只是打開窗戶，沒有人肯伸出援手。那篇報導批評了都市人的冷酷，我頗有同感；及至身邊發生類似情況，才發現自己也做了相同的事。老實說，就算我衝出去救人也來不及了；可是如果連住在五樓的我都來不及，那麼住在二、三十樓高的摩天大廈，就算是父母想解救子女也沒辦法吧？

事實上，還有一點我必須坦承，當時的我多少有一點作壁上觀的心態。從五樓向下遠眺女子尖叫、追趕壞人，雖然對當事人來說很失禮，但感覺真的很像漫畫，乏真實的況味。

我覺得人類最好還是不要住得太高，應該盡可能站在地面，人與人之間應該以相同的高度往來比較好。雖然沒有任何根據，但我覺得步兵似乎比較有人性，而騎兵比較薄情。

（室內／1978．2）

恩人

唯一就那麼一次，我「正式」地遇上色狼，那是在二十三年前的夏天。

那個時候，整個東京顯得十分陰暗。

我在井之頭線的久我山站下車，才走了百來公尺就覺得四周突然變孤寂。晚上九點一過，人影更顯稀疏，原本只有自己一人的高跟鞋聲，不知何時開始變成了兩人份，等到發現尾隨在自己後面窸窣的聲音是地下足袋（注）時，右手腕已被用力抓住。

對方一身汗臭，穿著骯髒的卡其褲。

「要錢是嗎？」我重複問了兩次。

對方沒有回答，而是露出了匕首，沒辦法我只好默默地跟他走。我的左手提著一

注：日本傳統布襪，橡膠底可直接踩地，為勞動者所愛用。

架相機，是跟朋友借的佳能牌，在當時可說是貴重物品，萬一被搶走了……

事情發生在二十三年前，那時我還年輕。現在雖然也很年輕，但當時更年輕。奇怪的是，年輕的我完全沒想到除了相機之外，身上還有其他東西更應該擔心被搶，只是一心想著「完蛋了，怎麼辦？我得想想辦法……」。我還記得整個腦袋和心臟，不對，應該是說整個人就像成群的蚊子一樣嗡嗡作響。

就像嗡嗡作響的蚊群一樣，我還來不及想到好主意，已被拖至草叢中。就在五十公尺外，可以看見我家的門燈。這時男人稍微咳了一下，瞬間我用力甩動左手的相機，相機像秤錘一樣擊中男人的腹部，我趕緊逃回家。

我一屁股跌坐在家門口，完全說不出話來，警方來問完訊後隨即離去，直到天亮我都顫抖不已。

隔天起我便去借住母親的娘家，一個星期後才回家，心裡始終覺得很氣憤。因爲視線太暗了，我只記得對方模糊的身影，於是我開始每天隔十分鐘錯開回家時間，在井之頭線電車裡尋找。久我山距離起站只有三站，三節車廂找起來也不是太困難。

就這樣，一個星期後的傍晚。

我一看見那張印象中的臉坐在位子上時，老實說嚇了一跳。我一心只想找到對方，但找到後該怎麼辦卻完全沒有概念。倒是那個色狼顯得比我還驚訝，我站在他面前狠狠一瞪，他立刻推開人群往車門逃竄。

雖說是色狼，畢竟不是現行犯，因此「車上乘客」沒有人肯幫忙。我死命拉著對方的手臂，好不容易來到了警察局。高井戶署的警察稱讚我「做得好」，還請我吃豆皮烏龍麵和仙貝餅。但我一回到家反而被父親怒斥「一個女孩子家搞什麼！」。

三個月後，東京地方檢察廳通知我出庭。到了法院，看見三、四名年輕女子坐在走廊上的長椅，她們和我一樣都是被害人，其中還有人腹部被刺，住院三個月。聽說還有其他受害人沒有報案，我不禁嘆息。

之後過了一陣子，我在車站前的人群中，驚叫一聲愣住了。雖然是大白天，對面走來的那張臉，毫無疑問地就是被我逮到的那個色狼。更叫人驚訝的是，對方一認出我，居然像是遇到老朋友一樣，露出懷念的眼神，滿臉堆著笑容，小跑步上前跟我打招呼：「前一陣子眞是不好意思……」

他是個精神有點問題的年輕泥水工，大概是父母花錢將他保釋了吧。之後我還不時遇到他，每次他總是很有禮貌地上前問候。有一次還跟我說：「今天天氣不錯呢。」

究竟是怎麼回事呢？我怎麼想都想不透。

同一時期，我還幫助過一名少年。不對，與其說是幫助，應該說是保護吧。那個小學一年級的小男孩邊走路邊看書，差點被腳踏車撞到，我趕緊抱住他躲開，結果自己的右腳受了傷。

因爲流血，我一邊拿手帕按住傷口，一邊嚴詞告誡少年。少年露出畏懼的眼神看著我的傷口和臉，不發一語地跑走了。我跟自己說他大概是覺得難爲情吧。那次的腳傷比預期的要嚴重，留下頗深的傷疤。

之後——不好意思又是之後，我又遇見少年。我很懷念地停下腳步，但少年卻受到驚嚇似的看著我，眼神立刻變得恐懼，畏縮地逃進了人群之中。

這也讓我覺得很納悶。

攻擊我的色狼不是應該眼光低垂地離去；被我救的少年不是應該眼睛閃亮地——就算不必閃亮，也該說聲「謝謝」吧。

之後過了二十年。

不知道是哪裡出了差錯，我居然靠著寫電視劇本維生。最近我忽然想起這兩件往事，一向不按牌理出牌的我，卻常用「定型」的方式寫人。

偏偏我的情況與事實相反。色狼眼睛閃亮地上前打招呼，少年卻露出畏懼的眼神逃走。假如我因此學會了「人不應該被簡單定義」的話，那名色狼和少年就應該是我的恩人。右腳的傷痕在不經意間已變淡了。

（ALL讀物／1975·10）

背影

走在銀座，我曾經對正前方行人的背影感到讚歎。

大約是十年前，記得是梅雨季節吧。一位身材高挑的女性，穿著淡紫色洋裝，雖然已經上了年紀，卻依然美麗動人、落落大方，美豔中透露著高雅。

我正心想對方是何方神聖時，她似乎在對面的松屋百貨前看到朋友，竟冷不防地橫越馬路。

她理直氣壯地穿越兩邊的人行道，像撥開銀座陰霾濃濁的空氣般，步伐十分灑脫。旁邊就站著管制交通的警察，或許是懾於她的氣勢，警察一句話也沒有說。那個穿越馬路的人就是水谷八重子（注一）女士，當場我有種脖子由下往上被摸過的感覺。

我心生讚歎之時，脖子就會產生那種反應。

歌舞伎的話，就是名盛一時的實川延若（注二）。

只要他從舞台上的花道（注三）擦地走出，光看著他的腳步，我的脖子就會起反應。看到狂言（注四）演員野村萬藏也是一樣。

讓脖子起反應的女人背影，我還見過一次。

那是在水谷八重子之後沒多久，我去巴黎的羅浮宮美術館時遇到的事。

大概是到處逛累壞了，那一天我的情緒不太好。走進美術館，第一個房間就是《蒙娜麗莎的微笑》，看到周遭那金紅兩色絲緞做成的護欄和人山人海的觀眾，我不禁興致大減。明明還有德拉克洛瓦（注五）等大師的傑作，這樣對其他畫作不是很失禮嗎？我向四周望了望，看到就連瑪麗．安托奈特的園遊會茶具等無聊東西都了不起似的供在那裡，不覺生氣起來。最後我只認眞地觀賞完東方館，正打算明天再來一次時，聽見了即將閉館的廣播聲。

注一：水谷八重子（1905-1979），女演員。

注二：實川延若（1831-1885），著名的歌舞伎演員。

注三：舞台上橫越觀眾席的長方型走道。

注四：日本傳統的鬧劇或喜劇。

注五：德拉克洛瓦（Delacroix, 1798-1863），法國浪漫主義畫家，代表作〈領導民眾的自由女神〉。

在人群逐漸散去的美術館裡，我完全摸不清楚出口在哪裡。邊走邊擔心萬一被關在這種地方豈不太恐怖了，眼前突然出現一個女人的屁股。

那是座大理石的女性雕像，很精采的一座雕像。

威而不猛。

泛黃的石材感覺十分溫暖。

下著雨雪的冬日傍晚，在石砌房間小燈的微光下，雕像溫柔沉靜地佇立著。

我的脖子立刻起了反應。

當時只有我一個人。有生以來初次單獨欣賞名畫或雕刻，這一點也讓我感動莫名。

究竟這是誰的作品呢？

「不知何方神明業，惶恐莫名淚潸潸」（注一）正是我心情的寫照。然後，我突然發覺曾經在哪裡看過這個雕像，這座沒有雙手的雕像

這是米羅的維納斯。

這座雕像之後也來到日本展覽。大肆宣傳的結果，果然吸引許多觀眾前來爭相一睹大理石維納斯像的眞面目。我從電視畫面上看到了擁擠的情況，不禁爲自己的命運

深表感謝。

那一刻，米羅的維納斯只屬於我一個人。周圍沒有人聲、時間也是靜止的。這座誕生於西元前一世紀或二世紀、一八二〇年在米羅島被耕種的農夫發現的維納斯像，爲了我這個從日本遠道而來的女子，靜靜佇立在那裡供我觀賞。

她沒有報上姓名，只以優美的背影跟我打招呼，讓我的脖子直接感受到她的美麗。

今後我仍會到美術館欣賞許多繪畫和雕刻吧，但我想那種偶遇的法喜（注二）境界應該是不會再有第二次了。

（現代／1977・3）

注一：這是西行法師（1118-1190）第一次造訪伊勢神宮，感動之餘寫下詩句。

注二：佛教對於「喜悅快樂」的說法。

一場敗仗
——東京美術俱樂部歲末拍賣

每年我都會去看一下東京美術俱樂部的歲末拍賣，而出門前有三件事一定要做。

第一要先填飽肚子。

因爲拍賣的東西太多了，在滿是玉石的東京美術俱樂部裡，整棟大樓都能聽到讚歎聲，光是逛一圈就需要相當的體力和精神。

其次是不帶現金。帶在身上，自然會裝闊氣，買下毫無用處的長物。

第三是好好端詳塞滿公寓裡的書櫃、寢室的雜物，告誡自己「已經連放盤子的空間都沒有了」。這時空氣裡會有「勇敢購物去吧」的軍歌聲傳來，必須一邊捂著耳朵，一邊發誓「絕對什麼都不買」才能出門。

然而我的目光早已相中第一展覽室的砂張（注）點心盤。拍賣品如此之多，就跟團體相親一樣，哪有工夫一一確認個別身分呢！我就像是站在艦橋上的聯合艦隊司令一樣，慢慢地巡視周遭，只伸手拿取看上眼的東西。

這個砂張盤，年代不怎麼樣，但是樸素的做工很不錯，我打算拿來當菸灰缸用。來我家的客人，有一位習慣拿菸斗敲菸灰缸，看著最珍愛的雙魚青磁盤在他手中噹噹作響，著實讓我嚇得冷汗直流。所以我決定等那位客人再上門時，拿這個砂張盤報仇。報個仇要花兩萬塊，未免太浪費；不過玩膩了也可以拿來當點心盤。

還有一個漂亮的根來燒大缽。如果我的房子夠大，生活還有餘裕，絕對抱回家。再看到古九谷燒的方碟（五枚），我不禁「啊」了一聲。

像我這種不具備鑑定古物知識和眼光的人，只能靠身體來判斷。只要能讓我背脊起雞皮疙瘩，不管旁人說什麼，對我而言那就是「好東西」。若能讓我忍不住發出讚歎的「啊」，則表示「東西相當不錯」。

要是讓我「啊」的東西都能買回家，該有多幸福呢。

不幸的是，那些東西的價格也令人「啊」聲連連。好東西本來就該有好價錢，我只能悲哀地長嘆一聲「啊……」，遺憾地目送好東西落入別人手中。

那張唐木几也令我心動，規矩方正的造型，自有一股莊嚴的氣勢。我不禁作起了

注：以銅、錫、鉛等合金製作的器皿。

白日夢：假如我那三隻貓都死了，我要整修被牠們占據的和室，放上這張矮几，掛上抱一（注一）的畫軸，在裡面睡午覺。那真是太愜意了！可惜的是那三隻貓的食欲都很旺盛，暫時沒有往生的可能，我只好放棄這想法。

接著挑到了喀什米爾的織品斷片，兩件十九世紀鄉村風景圖織品，加上裱框的三幅刺繡小品共一萬八千圓。其實我在赤坂開了一家賣酒菜的小店（店長兼雜工），那裡有一面牆正好空著。其他的裝飾是祕魯和埃及的古代織品斷片（埃及的有點唬人），再加上喀什米爾的應該很合適。

古青花菊圖盤（五枚），那個古字感覺有些可疑，但拿來放柿子似乎很不錯，不過運氣不好，定睛一看，上面早貼著「已售出」的標籤。

怎麼會這樣呢？我一邊斥責自己「難怪都存不到錢」，盡可能不再東張西望。結果又有一樣好東西飛到眼前。

安南風格茶碗。

眼神一接觸，耳朵後面就像被抹了薄荷水。

綠色釉彩的妙處難以言喻；造型小巧，正好盈握，深得我心。唯一就是價錢不合我意。我的預算已經超支太多，只好閉上眼睛走人。不好意思，軍歌又再響起，每每這種時候，我就會聽見軍歌唱著：

心有所遺憾，

可人不能留下，

那就走吧、離開吧，

但就永遠地離開了嗎。

雖然用身分不配的理由讓自己死了心，可那些讓耳後一陣冰涼的東西，回家後必定會盤旋心頭。事後再求天告地說再給我一次機會也沒用了，緣分就此一回，得手的機運不再再呀。

劉生（注二）的小品畫軸、雷諾瓦的油畫……當時就因爲不夠大方而深深扼腕，憶即此處我不禁脫口而出：「這個也幫我包起來。」

這次我的自制心又輸給了誘惑。

（藝術新潮／1979·2）

注一：掛上抱一（酒井抱一，1761-1829），江戶光琳派代表畫家。

注二：岸田劉生（1891-1929），西畫家。

Chonta

Chonta、Paich、Camucamu，如果有人知道這三樣東西，我想跟你交個朋友。因爲我想請教之前遊覽亞馬遜所沒看完的種種。

一嚷嚷「我去亞馬遜玩了」，大家都用「眞是不得了呀」的尊敬眼光看我。身穿狩獵裝、在原住民的嚮導下揮舞著鐮刀斬斷蔓草、和毒蛇搏鬥深入叢林——大家心中似乎都是如此想像。眞是想太多了，我們只是去祕魯看印加遺跡，順道前往亞馬遜河上游、名爲依奇脫斯的小鎭住了三天而已，說來眞不好意思。

可是亞馬遜畢竟是亞馬遜。我從祕魯首都利馬搭飛機三個小時，看到眼前的亞馬遜河時，內心不禁一陣澎湃。

一望無際的綠色大海。不知道爲什麼，那綠海就像釋迦牟尼佛的髮型，也像一朵朵的西洋青，顏色深淺不同。每當飛機搖晃或傾斜，巨大的花椰菜就像生物般從地表隆起貼近眼前。

亞馬遜河是條無限寬廣的味噌色長河，擁有如樹根般眾多的支流。河水的顏色多樣，既有濃重的紅味噌色，也有較淡的仙台味噌色，給人雄渾壯闊、自然生猛的印象，與山明水秀的景觀相差甚遠。

在依奇脫斯機場的屋頂和電線上，站滿了前來欣賞飛機起降的肥大烏鴉群，一旁瘦小的孩童也不時發出驚歎聲。烏鴉是清一色的黑，混血的孩童則像是訴說該國歷史般有著不同的膚色和表情。

我們在小鎮唯一的一家飯店落腳時，肚子已經快餓扁了。同行的友人澤地久枝女士，是寫過小說《妻子們的二二六事件》的學者型作家，比起我這個輕佻的電視編劇，分量完全不同；不過在對新鮮事物的好奇和貪吃的個性上，倒是不分軒輊。

兩人眼神飢渴地盯著餐廳菜單，可惜半個西班牙文都看不懂，斜眼觀察四周，看到後面一位很像美國人的男性正在吃一道奇怪的食物。那是一大盤類似切成薄片的西洋芹，沙拉就點那個吧。

「我們要跟那位男士吃一樣的東西。」靠著滿嘴破英文和一片誠心總算溝通成功，服務生恭敬地送上同樣的菜色。

長得像西洋芹卻不是西洋芹。沒有香氣，口感又澀，還帶點青草味，味道就像生葫瓜——不對，很像是泡了水的木刨花，也不對，應該是「冬瓜」薄片吧，總之就是那種滋味。儘管淋上了醬汁，我們還是沒吃過這麼無味的東西。

那就是 Chonta。生長於該地區一帶的椰子嫩芽，乍看之下有點像白芋莖，用手一剝，自然就能剝出許多薄片。市場上的女人將這個剝成一堆一堆地賣。問我好吃嗎？嗯，還可以吧。問我難吃嗎？還不至於啦。因爲它就是沒有味道嘛。

Chonta 之後品嘗的就是 Paich。菜單上雖然有肉類的品項，但祕魯可能是肉類不足，不管點哪一道，服務生就是堅持「沒有肉」。最後沒辦法，在服務生的推薦下我們點了「新鮮的河魚」，一問其名，說是 Paich。

乍看像是烤鰻魚，味道則像海鰻加鯰魚、比目魚除以三的感覺。「味道比想像中好吃嘛」，我們兩人光是品嘗了亞馬遜河的魚就很滿足，那晚便在飯店簡陋的床上安然入睡……

隔天我們到亞馬遜河旁的養魚場參觀，不禁彼此對望一眼。潛藏在混濁河水裡、身軀長達七十公分、形狀像是蝌蚪的黑色魚怪，居然就是我們昨晚吃的亞馬遜河幼魚。

「那成魚有多大呢？」

我們心驚膽戰地詢問，小鎮上唯一的日本人卡爾羅斯・松藤先生一語不發地伸長兩隻手臂。

難忘的是在卡爾羅斯先生家裡所喝到的果汁。那是一種優雅的淡粉紅色透明飲料，據說是取自卡姆卡姆樹的果實。微甜和適當的酸味，入口後有一些苦澀，反而更顯自然野趣。

搭乘汽船溯遊亞馬遜河時，被告知生長於岸邊枯樹上的果實就是卡姆卡姆。那個拇指頭大小、閃著紅紫色光澤的果實看起來很硬，據說果核也很大，儘管大量採收也只能榨出些許果汁，算是最正宗的亞馬遜河天然果汁。

說到果汁，我們在依奇脫斯市場還看到了烏龜蛋做成的飲料。

在大小足以用來幫嬰兒洗澡的白色珐瑯盆裡，打入許多如變形乒乓球般的烏龜蛋，加進砂糖，倒入牛奶般的液體後加以攪拌。問帶路的卡爾羅斯先生那是什麼，外型壯碩如西鄉隆盛卻心思細膩的他，面帶靦腆有點結巴地回答「算是一種壯陽藥吧」。這麼說來，圍繞在烏龜蛋汁攤位外看熱鬧的人，果然都是些半裸的男人，我們趕緊垂下目光離開現場。

之後，我們去了亞馬遜河的支流伊塔亞河釣食人魚，又折回祕魯，遊覽加勒比海上的小島，再經由美國飛往歐洲。西班牙的墨魚眞是美味，巴黎的生蠔也很不錯，但隨著時間久遠，令人懷念的竟是亞馬遜河。老實說，那裡又熱又髒，也沒有什麼好吃的東西；只是如果時間和金錢允許，我還想再去一次。

日前收到卡爾羅斯先生的來信。半是催促半是嘲諷的幽默字句中，詢問當時在依奇脫斯大馬路上──也就是在依奇脫斯銀座（鬧區）拍的照片是否成功。雖然焦距有點模糊，但確實都拍到了。儘管有些遲，我還是寄去給他。照片中的依奇脫斯銀座，瘦弱的雞隻和黑色小豬在十字路口的垃圾堆中覓食，那裡既沒有交通事故，也沒有搶劫發生。

（銀座百點／1972．9）

小旅行

工作越忙就越想出門旅行。

明明趕不上電視劇本的截稿時間，正進退維谷了，但住鎌倉的朋友一邀「要不要來這裡吃野菜呀」，我還是抵擋不了誘惑。

「我現在不在家，人就在這棟公寓裡，五分鐘後回來」——我本想設定這樣的留言，但畢竟說謊也要有良心，只好心虛地換成「我到附近買個東西」後才出門。

對我而言，單程一個半小時的鎌倉行只能算是小旅行。

或許是因爲住在東京市中心的關係，西邊一過多摩川、東邊越過隅田川，我就覺得是旅行了。

電車越過這兩條河川時的聲音，聽起來是那麼地愉悅輕快，連窗外風光都顯得不同。通過多摩川的鐵橋時，我心中期望能看到茅草屋頂的人家和水牛犁地的田園風光；然而今日今時，放眼望去頂多只能看到開發建地的挖土機罷了。忍耐一下，至少郊外的綠意還是和都市不一樣啊——我只能這樣說服自己。

因爲工作忙碌，哪曾仔細觀察過自家附近的綠意，因此分不出有何不同；但都來到這裡了，如果沒有兩樣，那我就不知道爲什麼要出門旅行了。

旅行最好還是別搭飛機。

大約三個月前，我去鹿兒島旅行了三天兩夜。我小學時曾在那裡住過兩年，算是拜訪當年舊居、老師和同學的感傷之旅。小時候明明得花上二十八個小時搭火車，鼻孔都熏黑了才到達，如今飛機卻只要一小時又四十五分鐘。那短短的時間，與當中夾雜的四十年歲月及「鹿兒島好遠」的殘存記憶起了衝突；距離拉近了，感動的程度卻淡了。

窗外的四方形風景如撲克牌般不斷切換。不管旅行的規模大小，這是旅途中最有趣的時間。

好夢由來最易醒，美好的旅行結束得也快。

我就像沒錢時才努力工作的懶人一樣，拚命將龍芽木的炸嫩芽、鹿藥、朴葉味噌、早晨才挖到的新鮮筍子等美饌塞進嘴裡，因爲很快又得回東京了。

歸途可說是旅行的找零。

就像所剩無幾的零錢依依不捨般地在口袋裡叮噹作響，「唉，結束了」，我帶著輕微的疲倦、感傷，還有回歸繁雜日常的鬱悶心情踏上歸途。

同時又有種泡在熟悉的溫水澡中的安心感。

一個月的國外旅遊和只花半天的鎌倉行，只有這一點完全相同。

（小說現代／1979．7）

鹿兒島感傷之旅

三年前我生了一場病。

由於病名是令人心情沉重的乳癌，使得生性樂觀的我也一反常態，躺在病床上開始思考人生的未來。萬一癌症復發，確定活不久了，我想回鹿兒島去。

我想回到以前蓋在城山旁邊那個上之平的高大城牆上的舊家庭院遠眺櫻島，那裡如今肯定住著不認識的人家，但我無論如何都要拜託對方讓我進入庭院，看看那座曾經晨昏眺望、吐納煙霧的山。我想看看童年抓鰻魚玩、陪父親垂釣的甲突川；還想看看天保山海水浴場；想穿越山下小學的校門在天文館大道漫步；我更想見見老朋友。

說是回去，但鹿兒島並不是我的故鄉。我只是跟著擔任保險公司分公司經理的父親調任，小學五、六年級在那塊土地住過兩年而已。或許當時剛進入少女時期，對那裡的印象比其他地方要深刻。對於生在東京、沒有故鄉山河記憶的我而言，鹿兒島是令我懷念的「虛擬故鄉」吧。

出院之後，我抱著留下沒有特定對象、輕鬆愉快的遺書也不壞的心情，將以父親爲主的童年回憶寫成散文，於去年底集結成一本名爲《父親的道歉信》的書。之後好不容易恢復健康，重拾工作，哪裡需要遺書，真叫人尷尬至極。書中隨處可見對鹿兒島的描述，基於收拾自己的心情，我決定回到「虛擬故鄉」鹿兒島，做一趟三天兩夜之旅。

四十年前的鹿兒島就像是遠方的國度。

從東京搭乘東海道本線，轉乘山陽本線、鹿兒島本線，得花二十八小時才能到達。我還記得當時蘆溝橋事變剛爆發不久，火車一經過八幡煉鋼廠，憲兵就上來把車窗關上。

如今從羽田搭乘全日空，只要一小時又四十五分鐘便能抵達。短短一小時四十五分鐘就可回溯四十年的歲月，讓降落在鹿兒島機場的我五味雜陳、百感交集。

從機場到市區，車程約五十分鐘。櫻島當然近在眼前，但我卻盡量不看它，因爲我想從舊居的庭院遠眺這座山。

然而我們以前的舊家卻不在了。

城牆還是跟以前一樣，但房舍已不見蹤跡，取而代之的是木造灰泥的兩層樓公寓。老房子是被戰火燒燬還是因為老朽拆除了呢？

城門和石階也都換新了。跟過去一樣，後山上的橘子樹依然茂盛，枝頭間可見黃澄澄的橘子，感覺顆粒比以前小了很多。不對，不是橘子變小了，而是我長大了；兒時感覺高聳的石牆，此時竟也不覺得高。

我靜靜地在沒有記憶中高的石階上佇立了一會兒。明明是春天，卻有著初夏的暑熱，是個美麗的晴日。山下豁然開朗的鹿兒島街景，是我所沒有看過的新市鎮。

四十年前的鹿兒島市是個褐色平坦的市鎮。醒目的高大建築，只有縣政府、市公所、山形屋百貨和居民稱為「野上宅」的三層樓洋房而已，其他都是樸實的民宅。如今高樓林立，色彩也豐富了起來。

唯一不變的只有櫻島。

形狀、顏色、大小、還有從右肩冒出煙霧一如以往。

一種既像是懷念、又像是悲傷、甚至是莫名的情緒湧上心頭。

我很想讓母親也看看眼前的櫻島。

母親是在她三十一歲的那年春天，與父親、四個孩子及婆婆一同來到鹿兒島。那時父親首次高昇爲地方分公司經理，住在寬闊的公司宿舍、月領高薪，氣候又溫暖怡人，對母親而言，應該是人生値得懷念的第二春。

雖然個性暴躁的父親有時也會發脾氣動手打人，但這時的母親經常面帶笑容，很快就適應了當地方言和生活習慣，薩摩甜不辣（注）、吉備女魚（身上有細紋的好吃小魚）、壺漬醬蘿蔔、炒苦瓜等鄉土菜開始經常出現在餐桌上。我們用鹿兒島特有的甜蝦熬高湯煮年糕慶祝新年，在父親和弟弟的餐盤加上山豬肉和祈願子孫繁盛的八頭芋。家中充滿了生氣與活力，連我們小孩子都能感受得到。

不知道母親早晚看著這櫻島，心中都想些什麼？我只記得有一次父親到沖繩出差，回程船隻差點因颱風翻覆，那時母親曾茫然地佇立在陽台望著櫻島；除此之外，其他應該都是愉快的回憶吧。

我想母親心裡一定夢想著趕快存錢回到東京買新家，對四個小孩也有不同的期待。買新家的夢因日益激烈的戰況破滅了，孩子們也不能說都很成材，但母親遠眺著櫻島的時期，應該是她夢想最遠大、最美好的時期。這一點，我直到遠超過母親當時

注：將魚漿炸成細條狀的食品，薩摩為鹿兒島古名。

的年紀才終於明白。

我經常跟著母親一起去的附近魚店，還有那一對健壯的母子所經營的點心店（我們暱稱爲胖子餅店）也都不在了。

唯一沒變的只剩下隔著兩間屋子、姓氏剛好和我們相反的田向家，以及山坡下我們常去買鹿兒島名產牡丹糖和兵六餅的點心鋪。

那個曾讓母親和祖母引以爲苦，泣訴抱怨像外國話的鹿兒島方言，除了擦身而過的短褲少年快活地用方言嘟囔了一句「好冷呀」之外，受到電視的影響，街上人們的口音感覺和東京已沒什麼兩樣了。

看來連「鄉音無改」的感慨也談不上了。

昭國神社是祭祀第二十八代藩主的神社，建於城山山麓。

昭和十五年（一九四〇），小學四年級的我曾參加神社爲慶祝紀元（注一）兩千六百年所舉辦的園遊會。

那首「深感日本國金鷹輝煌的榮光」的紀念歌，到現在我還會唱。

然而，曾經足以舉辦大運動會的神社庭院，如今竟變得如此狹小，三分之二的土地都改建成停車場了。昭國神社也受到戰火肆虐，變成了新的水泥建築。過去在神社前林立的蛇肉店、河豚餐廳、鞋店等也都如魔術般地消失無蹤。

奇妙的是，走出昭國神社之後，我像是被一條線牽引著走過完全變樣的陌生道路，不知不覺間竟被帶到山下小學的大門口。

我彷彿變成了四十年前那個背著大紅書包、有著竹竿腿的小女孩。

母校的改變令我瞠目結舌。過去的大門如今已成爲「遺跡」不再使用，聳立在校園裡的兩棵大橡樹也不存在了。我還記得自己曾將帶回家會捱罵的彈珠藏在橡樹根部的樹洞裡；還有戰況激烈時，每逢八號的興亞奉仕日（注二）中午，大家一起圍在樹下吃著太陽旗便當（注三）或沒有塗奶油果醬的餐包。

原本只有一層樓的校舍，已改建爲三層樓建築。

我站在校園裡，不禁回想起冬日寒冷的早晨，光著一雙凍僵的腳丫子（當時鹿兒

注一：此處指神武天皇（第一代天皇）繼位之年（西元前六六〇年）。

注二：軍國主義時代，日本政府要求民眾無償勞動的日子。

注三：白飯中間只有一顆酸梅的愛國便當。

島的小學生冬天也是赤腳）參加朝會的情景。

「目標城山上，起步……跑！」發號施令的是壯漢田島老師。

在奔往城山的途中，我們遇到一頭拴在電線桿上的馬，田島老師拚命壓著掙扎的馬兒，扳開馬嘴說：「動物的年齡數牙齒就知道。」

我們也曾沉迷於將三十公分長尺夾在書包上、快速鑽過駝色牛隻肚子下的遊戲。眞不知道萬一牛坐了下來該怎麼辦？大概以前的牛馬長年跟人們一起工作，個性比較溫馴吧。當然現在再也看不到牛馬的身影了，如同枯朽的橡樹一樣，都成了只能在回憶中出現的風景。

Tenmonkan

Tenposan

不知情的人聽了可能以爲是賽馬的名字。但若是曾經住過鹿兒島的人，光是聽見這些字，心裡就會像是喝了溫開水般湧出懷念。

天文館（Tenmonkan）原先是島津藩主爲了研究天文學而興建的，一如東京的銀座，可說是鹿兒島最繁華的鬧區。那件在山形屋百貨買的白色花紋和服與愉快的回憶一起存留至今。瀏覽著外貌煥然一新的百貨公司，漫步在由樸實商店街轉變成有著近代化拱門的天文館大街，我的腳竟自然地走到父親以前經常訂書、買書的金港堂和金海堂。或許在人的回憶中，雙腳總是從不多想、只忠實地記住某些事吧。

天保山（Tenposan）算是鹿兒島市首屈一指的海水浴場。矗立在眼前的櫻島，寬闊的錦江灣，但原本很茂盛的松林卻只剩下零星幾棵。

我住在天保山新建的聖皇家飯店。沒想到這裡的常務董事東先生竟是我老同學的先生，他為我解釋了關於松林的消逝及櫻島看起來更巨大的事。

難怪櫻島看起來那麼近又那麼巨大，原來人工塡海整整向外擴張了將近一千多公尺。從前讓我穿襯裙套泳圈玩水，母親縫製的棉布短褲放在脫衣籃被偷、害我難過哭泣的天保山海水浴場，據說已經變成飯店前的停車場。

以前父親曾帶我去過的鴨池動物園，現在則成了超市。鹿兒島市的人口是我居住當時的三倍。

不變的是磯濱的 Jumbo。

這裡不是指巨大之意，而是此地特有的點心，是從原名 Shalinbo 的發音轉來的。

將剛烤好的柔軟麻糬塗上甘甜的醬油，以前母親很喜歡，常會過來買。這附近現在改成了公園，因爲以前是島津藩主的別墅，由此眺望櫻島的美景別有一番風情。

提到櫻島，最令人稱道的是從聖皇家飯店窗口眺望的櫻島夕陽。午後陽光照射在山壁上散發灰色光彩，隨著夕陽西下，由金黃色變成褐色、紅色、紫色，再從墨色化爲黑色剪影逐漸融入夜色裡，眞是所謂「七彩變化」的景致。

仔細想想，此處的日落應該四十年都未嘗稍改，不知道十二歲的少女眼中都看見了些什麼？

「妳啊，居然拿我們家的事當話題寫！」同學用力拍著我的背，含笑的眼中帶著淚光。

原以爲能見到三、四位同學就很感激了，但包含從宮崎趕來的居然有十三位出席。這是我在山下小學五、六年級的同學會，大家簇擁著當時的上門三郎導師暢談舊事。

上門老師當年是個出身種子島、剛自師範畢業的年輕美男子，跟新婚妻子很快有了愛的結晶，我們還曾輪流跑去看小娃娃，但如今也高齡六十八了。所教的學生，有的人頭髮花白，甚至還有了孫子。不用報上姓名，才一踏進會場，已經沉睡四十年的同學姓名自然就能脫口而出。

轉學過來時，擔任班長、字最漂亮、身材最好、人又漂亮的小田逸子同學，現在既是醫院的院長夫人，也是和服學校的校長。身為某大咖啡公司千金、從小就很美豔的內田順子同學，如今是高級日本餐廳的老闆娘，而且是丰姿依舊的祖母級美女。

鹿兒島名產的豬骨湯和春寒煮（注）都很美味，但我最享受的卻是看到大家的臉孔。嘴裡感嘆著也許今後無法再相見了，偏又盡說些無關緊要的話。大家不管說什麼都覺得好笑、都很懷念；一沉默下來就鼻頭發酸，因此只好拚命地互拍肩膀、哈哈大笑。

在聚會上我捱了老師的罵：「向田同學寫的電視劇我都看了，都有了孩子，那是不可以的。」

我趕緊低頭致歉並辯解說「沒用的我還是孤家寡人，沒有小孩呢」。都年近五十了還能被小學老師訓示，這是多麼幸福的事呀。四十年的歲月瞬間飛逝了，眼前浮現

注：原指在春日熬煮的燉菜，為鹿兒島鄉土菜色，主要食材為竹筍、酸梅，口味清淡。

年輕的老師拿著長竹棒敲著前排學生的頭大聲斥責：「不可以這樣！」

就是這位老師讓我懂得學習和知識的美好。作弄對方，一起被罰站一起遊玩，彼此分享生爲女孩的快樂的，就是生在這個時代、在這一夜相聚的朋友。

誰能知道如今是幸或不幸呢？當中包含了歷經戰亂的歲月，一個晚上根本談不完、道不盡；同學們也像散開的豆莢一樣在不同的地方開花結果。

那個不見了、這個也消失了——在我這趟什麼都不復往昔的鹿兒島感傷之旅中，最後不變的只有人，以及依然吐納著煙火的櫻島而已。

一心想回去與擔心期待落空的近鄉情怯，經過好幾十年的加溫，再抱著跳下懸崖的決心所造訪的鹿兒島，果然還是令人懷念。

心中掛念的回憶之地，造訪也好，留存著遙思也好，奇妙的是，明明才剛回去過，才剛親眼目睹的今日風光立時又褪了色，不知不覺間變成了記憶中如羊羹色的泛黃照片。

原來回憶竟是那麼地固執呀！

（Mrs.／1979・5）

2

同行二人

觀賞小泉富夫人個展有感

參觀展覽會的樂趣，從收到邀請函那一刻便開始。

〈小泉富個展〉
家母即將舉辦個展。
如蒙大駕光臨，實感甚幸。謹代家母邀請光臨。

秋山加代
小泉多妙

回想起來，會收到兩位千金寄給我的邀請函，也算是一段奇妙的緣分。
自從懂事以來，「小泉信三」的名號在我們家就意義非凡。
他是十年前過世的父親終生景仰的人。

父親每次要提及「小泉信三」時，總會先端正坐姿，並且慎重地發音。對於出身能登漁村、沒有傲人家世，咬緊牙關忍受失學和貧困的無奈，好不容易爬到和一般人相同地位的父親而言，如果人生能夠重來，「小泉信三」應該是他希望重生的對象，是他夢想「深藏在內心的珍珠」。

父親何曾想過在自己過世後，女兒居然將他的壞脾氣寫成了散文，還因此認識了如「珍珠」般存在的小泉家千金。

當我聽到小泉富夫人表示「令尊眞是有趣呀」時，眞的好想告訴父親，原來夫人對父親的爲人抱持好感。我幾乎可以看見容易激動的父親「感激涕零」的表情。

「爸爸，我帶你一起去看畫展吧」——我帶著和父親同行的心情欣然前往。

我之前就聽說小泉富夫人會畫畫，但卻不以爲意；說得明白點，我認爲她只是玩票性質而已。

畢竟她年事已高，而且聽說晚年才學油畫，我原本想像她的作品是典雅枯淡的小品，及至站在第一幅畫前，卻驚訝地喊了出來，像有隻看不見的手狠狠甩了我一耳光。

很棒！眞的很棒！

用色豐富，構圖大器，氣派悠閒；時而含蓄內斂，時而大膽得讓人心頭一震；有時呈現女性特有的甜美，有時氣勢卻不輸男性的瀟灑。

「如果梅原龍三郎（注一）、中川政一（注二）、小絲源太郎（注三）生爲女性，畫作就應該是這種風格吧！」我興奮地對現身會場的大千金秋山加代女士表達如此失禮的看法。

《小小花束》、《百合和人偶》、《書架一角》等畫作我尤其喜歡。二十號的大作《群花》和《法國洋娃娃愛彌兒》更讓我想偷帶回家。

站在花朵和人偶前面作畫的人，有著一雙充滿生命力的眼睛。她也用著相同目光，興味盎然地觀察世界、享受人生。所謂的繪畫，就是這麼一回事吧。我忽然有此醒悟。

話說回來，爲什麼才不過鑽研十年，就能有如此傑作呢？

注一：梅原龍三郎（1888-1986），西畫家。

注二：中川政一（1893-1991），西畫家。

注三：小絲源太郎（1887-1978），西畫家。

固然天生資質出眾，但我想畫家恐怕在未執筆前的半個世紀，心中就已開始作畫了。

我聽說夫人曾歷經戰亂，有過悲傷、難過的歲月。但我相信即便那個時候，她依然不會用扭曲偏狹的眼光看待人心、事物和世態炎涼。

這樣的心境遇到了良師和周遭溫暖的鼓勵，就此開花結果。

而且在其背後，仍少不了「小泉信三」這個巨大的存在。

能讓妻子畫出如此傑作，不禁令人感受到丈夫的偉大。

溫暖的花朵顏色，代表畫家對共同生活了四十九年的丈夫情深意切。

父親終其一生所景仰的男人，果然是個了不起的人啊。

走出會場的望月畫廊，我心中不斷回味著剛剛欣賞的畫作，眼前彷彿浮現父親念著「小泉信三」的嘴形。就像小男孩咬著唯一的一顆糖果一樣，他的發音顯得慎重其事，接著那嘴形又幻化成有段時期模仿夏目漱石卻東施效顰所蓄的鬍鬚。

（三田評論／1978．8．9）

劇寫——明治大正文學全集

篠山紀信

童年時我曾罹患肺結核，小學休學將近一年。或許是爲了讓我能夠靜養，父母常要我玩「著色畫」，我最常畫的就是鄧波兒（注）和貝蒂娃娃。就算最早認識的明星是秀蘭．鄧波兒，我根本不知道美國女孩子的衣服應該塗什麼顏色，常常掀開十二色的王樣蠟筆盒蓋便開始發愁。

當時我最好的衣服是一件碎菊花的紫紅色和服，搭配條紋外掛和一雙胭脂紅的棉絨和服襪。我們只是住在東京郊區、靠著上班族死薪水過活的小康家庭，但母親仍擁有一條做工講究的厚縫（我們家對刺繡的特殊說法）水藍色襯領和紅灰兩色條紋的錦緞外出服。梅雨季節過後，就會看見母親穿上有紫色麻葉花紋的亞麻和服，撐起紫色小陽傘出門。

注：秀蘭．鄧波兒（Shirley Temple），三〇年代的好萊塢天才童星。

拜見篠山紀信大師的女優（女明星）系列時，之所以懷念多於驚豔，我想是因為女明星的穿著吧，但旋即我便發現原因不止於此。

對我而言，這是我的《明治大正文學全集》。

小時候我曾背著父母躲進倉庫，從父親的書櫃裡抽出這本書閱讀。夏目漱石《虞美人草》中的藤尾、《明暗》中的阿延、有島武郎（注一）《一名女子》中的葉子、口一葉（注二）《濁江》中的阿力、森鷗外（注三）《雁》中的阿玉、芥川龍之介（注四）《秋》中的信子……

那時客廳裡聽不清楚的收音機總是賣力地宣傳「德日義三國同盟」，急著長大的少女努力伸手觸碰成熟女人的世界，卻只能看到春日陽光下迷濛恍惚的煙靄，經過了四十年後終於又和小說中的女主角重逢，從那裡飄來了母親化妝台上蕾特（Lait）面霜的香味。看似身體羸弱的人，我甚至懷疑她們的袖子裡也跟祖母一樣藏了清心丹、解熱丸等隨身藥。如果是這種「著色畫」，我也願意上色；只不過長襯衣和腰帶的紅，恐怕不是十二色王樣蠟筆所能應付的大人色彩。

從事電視劇本寫作的工作已經十年，對女明星依然摸不透。究竟她們算是千挑百選還是活人獻祭呢？身為女人，我多少希望美女能有些不幸和愚蠢，這是真實的心聲。

篠山大師連女人的胃袋都拍了出來，這點讓我覺得很感動。上場的女明星個個粗茶淡飯，看起來好像會用前端斑駁的漆筷挑菜、拿醃羅蔔配茶泡飯吃似的。我記得應該是《濹東綺譚》（注五）中的阿雪吧，她在來訪的男人面前掀開鍋蓋聞燉馬鈴薯是否餿了。光這個場面就足以讓女人願意站在美麗的妓女那邊。

對女人來說，拍照跟以身相許頗爲類似。

這麼說顯得有點自作聰明，但女人根本不了解男人，更搞不懂機器。只要男人一捧起照相機，感覺就像被脫去一件衣服。不知道專業女演員對於成爲拍照對象，心中作何感想？有人回答「要看對方是誰」。意思是說要看對方夠不夠格嗎？此一攝影系

注一：有島武郎（1878-1923），小說家、詩人。
注二：樋口一葉（1872-1896），小說家。
注三：森鷗外（1862-1922），小說家。
注四：芥川龍之介（1892-1927），小說家。
注五：小說，作者為永井荷風（1879-1959）。

列裡的每位女明星都顯得天眞無邪、毫無掩飾，比在任何電視劇中都漂亮。

戲劇有情節可以襯托，但看了這些照片，才知道眞金不怕火煉。

這些沒有劇情、沒有姓名的女性，看起來比任何戲劇的主角都要眞實，充滿戲劇性。一張照片可以看到她們的過去、看到情慾糾葛，讓人極爲在意她們的未來。明明沒有台詞，我卻看到了這些。

有好的素材、造型師、髮型師和化妝師，再搭配懂得掌握瞬間宇宙的天才，哪裡還需要三流的劇本作家呢？果眞是名副其實的「劇寫」！

女明星擅長演獨角戲。儘管身上還留著剛離去男人的體溫或是有男人在等待，臉上卻感覺不到男明星的存在。

這麼說來，聽說春畫中有所謂的大豆右衛門。

在圖畫角落有一個豆子般大小的男人，正在偷窺享受魚水之歡的男女，有時露出情慾高張的表情，有時則是將視線偷偷移開。其實身爲觀察者，他比任何人都冷靜，也比任何人都熱情。女優攝影系列裡的隱形觀察者就是篠山大師；那個沒有被畫出來的大豆右衛門也是篠山大師，不知道爲什麼，我就是這麼覺得。

（女優／1978．7）

雷、柳家小、布拉姆斯

巖本真理

一直以爲巖本眞理女士是個不愛笑的人。她那如同葛麗泰・嘉寶（注）演奏小提琴般的美貌，從被捧爲是天才少女的獨奏時代起，到中年後領導巖本眞理弦樂四重奏團、繼續活躍於室內樂的現在，舞台上幾乎從未看過她展露笑容。

美人不笑，充滿了神祕性。

或許就因爲這樣，我覺得她的小提琴音色顯得既豪放又透明、熱情，並有著一種冷調精采的「不笑之音」。

然而……

舞台下的巖本眞理卻笑口常開。

所謂的音樂究竟是發自於哪裡呢？琴弦還是琴弓？抑或是手指？還是彈奏者的心

注：葛麗泰・嘉寶（1905-1990），瑞典籍好萊塢女明星，以神祕低調著稱。

呢？這是我這個外行人厚著臉皮提出來的蠢問題。

「眞是有趣！我自己倒是從來都沒想過這個問題。」她高興地笑彎了腰。

她喜歡聽落語（注一），是柳家小大師的迷。

「他瞪眼睛的模樣眞是吸引人。」

她也是淺香光代（注二）的迷。

「嘿！michi，等候多時了！」她甚至還當場表演了看戲時的吆喝聲。

透過朋友的引見，她在淺草奧山劇場的後台見到了淺香光代。

「我的心蹦蹦亂跳，話都說不出來了。」

看來這位脫去戲服的武打劇女王並不知道在她面前戒愼恐懼的人是小提琴界的女王。

「她看我的表情有些奇怪。」

據說對方也沒跟她多聊些什麼。

她在舞台上只穿著黑色或白色的衣服，但她說：「在家裡可就花稍了，我有許多不同顏色的睡袍。」

說完呵呵大笑。

她有隻會喝酒的鸚哥，入夜常跟女主人小酌一番。她用輕快如撥弦的笑聲說，她家鸚哥喝了一小杯兌水威士忌醉了，就常在女主人的大腿上睡起來。

「最重要的東西？那還用說嗎？」

我以爲她要回答小提琴，只見她眼睛含笑地回答：「當然是錢嘍。沒有孔方兄，老了進養老院可就有問題了。」

雖說有實力的人講話毫不矯飾，但她滿面春風的回答也眞是爽快！

她從五歲起開始拉琴，至今四十六年了。

近半個世紀的歲月，始終演奏小提琴的她背脊彎曲。從背後看她，儼然是個成熟大人，但前胸卻只有孩童般的尺寸。

她的一雙手既大且強壯。

指甲修剪得極短，拒絕塗抹任何的乳液、面霜。與其說是女人的手，倒像是勞動

注一：單口相聲。

注二：淺香光代（1931-2020），女演員，michi是她的暱稱。

者的手。堅毅的手指巧妙地操弄振動四根由羊腸搓製、塗上松脂的琴弦，不斷嘗試找出眼睛所看不見的聲音。她的手指上戴著一顆大戒指，據說是她父親的遺物。

將小提琴帶給年幼的女兒，讓她從小學三年級開始休學，接受成爲小提琴獨奏家的專業教育。這就是她的父親。

她最心儀的作家是幸田文（注）。

「她的文章就像是莫札特和布拉姆斯在對話一樣。」

幸田文也擁有露伴這個偉大的父親。或許她在幸田文的世界裡讀到了自己的身影：一邊愛著劍道六段、早稻田大學划船社社長、擅長騎馬，甚至可能是美男子的父親，卻又不時反抗，最終又回到父親懷裡。

一頭已開始花白的長髮，隨意地紮成兩三束，用髮夾固定在頭上。戀愛過幾次，每一次失戀就毅然決然剪去的頭髮，如今又是及腰的長度。

「太過投入會被討厭吧。」

凡事全力以赴。教學生時，往往學生不以爲意地回家了，身爲老師的她卻筋疲力盡。雖然她苦笑地表示對情人亦然，但其實應該是她拋棄活生生的男人，獻身給小提琴了吧。

她說自己印象最深刻的演奏會，是東京大空襲隔天於日比谷公會堂舉辦的那一場。

她的住處之前已遭祝融燒燬，連避難的巢鴨也被燒夷彈攻擊，好不容易抱著小提琴跳進路邊的防空壕撿回一命，但她心裡一點都不害怕，滿腦子想的都是明天要演奏的三首曲子。

一夜過後，放眼望去是整片的灰燼，她憑著直覺往日比谷的方向前進。快到公會堂時，迎面看見許多人走來，那些人一發現是巖本眞理，輕輕驚叫一聲「啊」，立刻又掉頭往回走進公會堂。原來那群人看見主辦單位認定演奏者不會來而貼出的「停演」告示，正失望地準備打道回府。對於那一晚演出的感想，她只說了一句：「眞是難爲情……」

頂著一張滿是煤灰的臉，穿著父親的舊西裝褲上台演奏小提琴，讓她覺得很難爲情。在明天生死未卜的不安中聆聽的小提琴樂音，會是如何地感人肺腑呢？我不禁嫉

注：幸田文（1904-1990），作家幸田露伴（1867-1947）的次女，小說家、散文家。

妒起那一夜的聽眾。

初遇布拉姆斯是在她留學美國期間的電梯之中。

戰後她便立刻赴美，但由於簽證的問題無法從事演奏活動。沒有錢的她，只能打工擔任公寓裡的電梯小姐。管理員借給她一台收音機，一台有時得拳打腳踢才會出聲的破收音機，她就放在手動升降的電梯角落收聽。有一天收音機裡傳來了布拉姆斯的第一號小提琴協奏曲。

感動之餘，她開始用存款收購布拉姆斯的所有樂譜，至今布拉姆斯仍是她的最愛。

聊到這種話題時，她的眼眸深處亮起了小小燭光。

其實她是很美的。

脂粉未施、只有染紅朱唇的臉上，已經顯出這個年紀該有的疲態。即便如此，她還是足以用「美麗」來形容。因爲對嚴本眞理而言，沒有比音樂更有效的保養品了。

還以爲她個性靦腆，卻意外地落落大方；看似充滿威嚴的完美主義者，其實是道地的大姊頭氣質。

早餐只喝一杯咖啡牛奶，練習或演奏會結束前，絕對不碰固體食物。在這種禁慾般的生活作息中，柳家小、淺香光代、打掃洗衣等瑣事竟也大剌剌地和貝多芬、莫札特共存。她也懂得笑著閒話家常，也會一個人喝悶酒。

越是高山，山腳下的原野越是寬廣。

有一種室內樂乍聽之下發出了許多不協調音，卻反而更顯深遠、令人省思生命意義。

告別之際，問她樂器之外喜歡的聲音爲何？

「雷聲。」

閃著電光、雷鳴轟然的時候，會讓她想衝進傾盆大雨裡。

大自然於瞬間所演奏的「最強音」（fortissimo），果然最適合人生走來堅強、精采、乾淨的她！

（家庭畫報／1977．2）

留白的魅力

森繁久彌

他是個手很美的人。

強壯有男人味，卻又擁有柔軟的表情，眞是一雙感情豐富的手。請留意電視畫面上這雙手掩面哭泣或是假哭時，從指縫間窺探周遭的各種場景。

他的手很會演戲。

我沒看過他的腳，不是很清楚，但想來他的腳演的戲應該也很精采。我所寫的劇本《蘿蔔花》中，有一場擔任父親角色的森繁先生和飾演兒子的竹　無我先生深夜於客廳倒立的戲。

森繁先生身穿和服，底下套著駝色衛生褲及黑色和服襪，舉起了一隻腳。向內彎曲成奇妙形狀的腳，呈現出年老父親的悲哀，比任何台詞都能傳達與長大成人的兒子一起嬉鬧的歡愉心情。我在試映室裡不禁發出低俗的讚歎：「光是這隻腳就有百萬片酬的價值！」

看著森繁先生的人，心裡不禁想彆扭地抱怨上帝爲何如此不公平！

他會畫畫，字也寫得漂亮。

寫起詩來，有著北原白秋（注一）、朔太郎（注二）等大正浪漫的味道；書寫散文，也比隨便一位新手要內斂含蓄。平常隨口說的話語，直接就能成爲絕妙台詞。舞蹈是專家級，演講日本第一，要幫這種人寫劇本，眞是令人憂鬱的工作。

再怎麼顚沛流離，我的人生經驗也不過他的十分之一。捉襟見肘地打腫臉充胖子，拚了老命才能和他共處十多個年頭。

從一連兩千八百本的《森繁的高級主管課本》到《七個孫子》、《蘿蔔花》爲止——才能貧乏又是門外漢的我能有今天，就像最下級的相撲選手多虧了橫綱（注三）的鍛鍊教導，內心十分感謝。

我最佩服森繁先生的是他超群的記憶力。說到記台詞的絕活，他和森光子小姐堪

注一：北原白秋（1882-1945），詩人，童謠作家。

注二：荻原朔太郎（1886-1942），詩人。

注三：相撲選手最高的級位。

稱是雙璧。

問他有什麼訣竅，他表示先快速翻閱過劇本，憑感覺來記。或許他將字的排列、漢字和假名的混合狀況、台詞及眉批的感覺等，當作連續畫面或許多圖畫記在腦中吧。如果沒有繪畫方面的才能和特殊想像力，並對語言有相當敏銳度，恐怕是辦不到的。提到繪畫，讓我想到森繁先生的藝術特色，就跟他簽名的色紙一樣充滿了「留白」的魅力。前後台詞之間與歌唱之前的空白，實在充滿趣味。他擁有一種奇妙的能力，能將別人的一秒擴大成十倍，也可以將別人的十秒化爲一秒。

森繁先生至今演過的人物應該不計其數了吧，我尤其喜歡他演落魄無能的角色。這麼形容很失禮，如果拿狗來作比方，他不是牧羊犬或蘇俄波索犬，而是強壯可靠的極品雜種狗。既非出身梨園名門，也不是舞台劇的名小生。但就因爲是皮毛不夠出色的一匹狼，反而能以柔軟的姿態自由地從電影活躍到舞台劇，再到電視台等不同領域吧。

我喜歡他有點古怪的個性。聽他正義凜然的演說受到感動之餘，卻又覺得其中摻雜了百分之一的謊言，一種帶有曖昧的趣味。勞倫斯．奧立佛（注一）、中村勘三郎（注二）也都是這種調調。我甚至覺得人性本就該如此。只要他這個奇怪的個性還存在，我願意一直爲他寫劇本。

（Star／1975・3）

注一：勞倫斯・奧立佛（Laurence Olivier,1907-），曾受英國女王頒贈爵位的名演員。

注二：中村勘三郎（1955-2012），歌舞伎演員。

男性鑑賞法—1

宮崎定夫（髮型設計師）

女人善變。

女人的頭髮更是善變，至於經常和這兩者打交道的名髮型設計師「定夫」（或稱「阿定」），究竟是什麼樣的男人呢？

十八年前，這個人為了當畫家而去讀日大的藝術學系。他一直覺得學油畫太花錢，對父母過意不去，在通學的電車上看到車窗外掛著「山野美容學校」的霓虹招牌，不禁納悶：「那是什麼？」

一天他走出車站，看見一大群女孩子經過眼前，跟過去後才知道是「那所學校」招生的日子。聽他興高采烈地訴說往事，手卻未曾稍停地抓著髮束，以迅雷不及掩耳的速度飛快地舞動剪刀。

他厚實的胸膛幾乎可立即出場參加街頭馬拉松賽，手指不能說是「銀魚」（注二），只能失禮地用「鱈魚子」形容；可是他心思細膩的程度，似乎比女人的髮絲更細。

「我不喜歡將髮型設計得百分之百完美，希望能留下一些讓女人自己梳理的空間。」

因爲做得再美的髮型，出去一吹風就完了，再睡一晚就變得亂七八糟。做美髮這一行算是一種報應。一如在冥河堆積石頭（注二），明知道隨時都會垮下還是得繼續幫女人做頭髮，甚至還得以冷靜的視線將蓬亂、坍塌的程度列入考慮。

女人看著鏡中的自己，跟忙著讓自己更漂亮的定夫閒話家常。定夫以驚人的坦率跟她們一一對答。

對女人而言，做頭髮是淚水和嘆息的代價，美容院是抒發心頭鬱悶的地方。坐在美容椅上的女人是誠實的。儘管臉上化著妝，一旦洗了頭恐怕也虛榮不起來了。把頭

注一：一如中文用玉蔥，日文用銀魚形容手指的修長。

注二：日本的民間傳說。比父母早死的小孩必須在冥河堆石頭為雙親祈福，但只要一堆好就會出現惡鬼將之毀壞，因而他們只能永遠在冥河邊重複堆積石頭。

髮交給別人打理跟以身相許頗有些類似。

定夫就像是暫時的情人、樂觀的牧師、無照營業的算命師或是能夠保守祕密的心理醫生一樣，而且他的周遭十分乾淨清爽。

「我從來都沒有恨過人和打過人。」聽起來，彷彿他是六本木的史懷哲（注）醫生一樣。

「我是個美髮師。」他斷然地表示。連去參加晚宴時，他口袋裡也不忘放著剪刀。

跟人家約好，他絕對不遲到。

很愛請客。勤於寫信。

明明生性活潑，卻有著一雙哀傷的眼睛，感覺向他訴說心事，他的眼睛也會陪著一起落淚。

或許經由頭髮，他已經看穿了女人美麗的脆弱、虛無和愚蠢吧。憑著絕佳的技術和溫柔，他贏得了女人心，成為往返東京、紐約兩地的熱門大師。

他比其他男人都勇於拓展事業，比任何女人都溫柔地照應著鏡中的女人。從不疾言厲色。到底他在什麼時候才會回復赤裸裸的自我呢？

他習慣睡在床上。

「什麼都不穿，光著身子。」他用性感的回答搪塞我的問題。溫柔到這種程度，反倒令人有些害怕。

他若無其事地將畫油畫的夢想放進口袋，利用鏡中女人的髮絲不斷地畫著一幅又一幅馬上就會銷毀的蓬鬆畫作。

他喜歡貓。在六本木及紐約與朋友合租的公寓裡，都有貓咪等著他回去。據說他一樣用日文跟美國貓說話。

另一樣吸引他的東西是藤製家具，六本木店的大廳桌椅和鏡台都是藤製的。頭髮和藤條一樣，看似柔細易斷，容易糾纏、扭曲卻也堅固強韌。

他對這一類的東西究竟是憧憬還是怨恨？或許經由佛洛依德深層心理學的測試可以找到答案的線索也說不定；對於不學無術的我而言，終究是個難解的謎。

注：史懷哲（Albert Schweitzer,1875-1965），神學家，獲頒一九五二年度諾貝爾和平獎。

男性鑑賞法—2

岩田修（魚販）

霞町有一家名叫岩田屋的魚店。

店面位於大馬路上的小巷，外觀很不起眼；但因爲東西不錯，又都是自家人經營的，所以從十幾年前起，我就都在這裡買魚。

身材高䠷、瘦骨嶙峋、愛魚成痴的老闆。身手俐落的老闆娘。跟父親一樣高高瘦瘦的高中生長男戴著棒球帽，靦腆地幫忙送貨。圓潤可愛的妹妹則穿著雨鞋幫忙清洗瓷磚。

之後長男頭上的棒球帽不見了，空地上出現一輛閃閃發光的寶藍色新車，一到假日就看見男孩忙著擦洗新車。「魚店老闆大概幫兒子買了新車吧。」

過了不久，便看見兒子跟父親一起站在店裡，拿起菜刀片魚。妹妹嫁了人，取而代之的是兒子娶了漂亮媳婦。剛從蜜月旅行回來的媳婦穿著長雨鞋，站在年輕丈夫旁邊努力工作的模樣，眞是新鮮的光景！

由於我希望住東京的期間都由這家岩田屋提供鮮魚，搬家前還特地前去商量。老闆瞪著我遞出去的地圖看了好一會兒才說：「好吧！」

老闆答應幫我送貨，我才繳了新居的訂金。

店裡客廳的榻榻米上散落著許多嬰兒玩具，他兒子越來越像父親了。

我成爲這家魚店的顧客已經十多年，頭一次從後門踏進他們屋裡。

比起不起眼的店面，住家的深遠寬廣令我訝異。

深遠寬廣的不只是房屋本身而已。二樓年輕夫婦的客廳有兩個高達天花板的書櫃，擠滿了世界文學全集、宇宙相關的書籍，上面還裝飾著他爲兩個小孩買的五月人偶（注），妻子長年學習的茶道用具也優雅地置於其間。這時我才知道剛剛幫我殺魚的魚店小老闆居然是曾經入選國家代表隊預賽的西洋劍高手，也才知道長期以來被我稱爲小老闆的年輕人名叫岩田修。

他爽朗地笑說少年時期討厭家裡開魚店，尤其是片活魚時，更讓他有殺生的罪惡

注：五月五日端午節，為祝福男孩子順利成長所裝飾的武者人偶。

感，結果卻很自然地繼承了父親的事業。

「太太，今天的鰤魚很新鮮呀。」如此招呼客人的青年，曾經想當棒球選手；後來因爲受傷而放棄，接著又開始學習民謠，有段時期還打算寫相聲劇本，眞叫人難以想像。

他早上六點半就起床到河邊，一直工作到晚上七點，夜裡則是喝著威士忌讀宇宙科幻小說。

他拿刀的手，同時能演奏銅管樂隊的小號，也能擊西洋劍。

一向姿態很低的魚店小老闆，我認識他十多年了，竟有種完全被騙了的感覺，當場瞠目結舌不知所以。金絲雀在裝飾豐富的客廳裡歌唱，兩個正値愛玩年紀的小孩圍著年輕父親撒嬌。

經過七年愛情長跑才娶得的嬌妻端出親手烤的蛋糕，味道不輸給專家。

這才是人過的生活呀！我心想。

不用談論道理、不需緊繃神經，一切順其自然，這就是男人細緻而寧靜的人生。

魚字旁加個豐字，讀做 hamo（海鰻）。

不知道魚字旁加個男字，該讀做什麼？只覺得眞正有個性的生活應該就是這樣。

今後，岩田屋的小老闆還是會一如往常低調地招呼客人說「歡迎光臨」吧。還是會努力繼承家業、享受四季、愛護妻兒、興趣廣泛地生活下去吧。都市一角，這種男人還存在著。

男性鑑賞法—3

武田秀雄（漫畫家）

有些男人只要看上一眼，大致就能摸清底細。

有個上班族爸爸和升學至上的媽媽，出生於公司宿舍、成長於花園洋房，二流大學畢業，於二流公司就業，月收入十五萬圓；二十六歲結婚，兩個小孩；三十歲當股長、四十歲當課長、四十五歲升爲部門經理——人生設計圖八九不離十，十個男人有九個就是如此。然而還是有極少數的人令人猜不透下一步會怎麼走。

四月初，我在東京有樂町一個小個展上遇到的畫家就是這種人。

武田秀雄，二十七歲。

一如展覽名稱「紋紋展」，那是個以「倶梨伽羅紋紋」——也就是刺青爲主題的現代版畫展。

全身刺青的大哥級人物岔開雙腳露出背，身上圖案是唐獅子牡丹，這還算是普通的；有的作品是身上刺青的黑道男子，圖案則是——米田共！

眞有意思。表現出一種日本人少有的黑色幽默，明確的線條和惡作劇的感覺都令人激賞。會場上還放了他的作品集《張夫人的餐廳》、《YOGI》。

兩本都是單頁漫畫集，其中洋溢的才華又是令人驚豔。

他出生於大阪天六，多摩美術大學雕刻系畢業，在學期間是拳擊社社長，畢業後回家幫忙蓋屋頂的家業，存夠了錢便到東京開展、到處遊晃，等到阮囊羞澀又再回大阪上屋頂工作。

聽說他最近將在紐約開個展、出版作品集。

他的作品和經歷都很驚人，但本人個頭卻有些矮小，身上的衣服和氣氛則顯得熱鬧繽紛。

一張逗趣的娃娃臉長得很像演出《環遊世界八十天》的墨西哥演員康丁法拉斯（注）。

「我想這次去紐約，應該會一舉成名吧。」他用大阪式的熱情口吻暢談未來。

注：康丁法拉斯（Cantinflas,1911-1993），拉丁美洲電影史上最受歡迎的表演家。

住址——請寫不明。

情人——這也是一團糟呀。

眞不知道哪些是眞話，哪些是敷衍。但包含這一切，他那有趣的才能今後吉凶如何頗耐人尋味。會成爲畢卡索，還是如蜥蜴的尾巴一樣虛晃一招呢？我完全無法預測。

一群人一起吃壽司，最後還剩下一個。不把它解決掉，感覺總是怪怪的，可是伸出手卻需要勇氣。

他應該是那種會伸出手的人吧。

故意「誇張」地把自己說成爛人。

他開玩笑地說，他的畫風是自小在路邊塗鴉練出來的。音樂和小說對他而言都太困難了，只要有空便倒頭就睡。

儘管肆無忌憚地亂說，但他自有拿捏。

他以漫畫的眼光觀察自己。將人生當作單頁漫畫來看會很有趣可笑，但也充滿冷眼旁觀的意境。

他說自己比起小生更像小丑，也就更加刻意演出丑角的小奸小惡。

他說話直言無諱，看似大剌剌的，其實也有害羞靦腆的一面。

像這種被對方發現會覺得丟臉，因此裝著恬不知恥來掩飾脆弱心靈的男人，我還認識好幾位。

這種男人不論是對情人、妻子，甚至對自己都不肯展露眞心。假如聽信他的話，常常會大失所望。

只要他一現身，宴會肯定變得熱鬧好玩；但一對一地共同生活，大概會是出人意外的神經質和難搞吧？

我懷疑他是不是對「巨大」、「強壯」的東西抱著恨意？據說創作雕刻時，他的作品是班上最大號的。對他而言，拳擊或諷刺漫畫都如唐吉訶德的風車一樣，是無法實現的夢想，是人生的假面戲劇。而且他選擇了與其裝成勝犬落敗，他寧可享受敗犬的樂趣。這讓我想起小時候常玩的大阪拳，便有所謂「輸即是贏」的說法。

男性鑑賞法──4

結城臣雄（廣告導演）

女人，尤其是年輕女人，爲什麼總喜歡瘦的男人呢？

也許正在聽巴布·狄倫（注一）的歌時，身旁肥胖的男友若靠過來，多少覺得坐立難安吧？精挑細選的裙子、苦心研究的新化妝法，與其說是爲了特大號男士，不如是中等或極瘦的紳士吧？

一如先有雞還是先有蛋的爭論一樣，究竟是肉體產生了精神，還是精神創造了肉體呢？感覺上肥胖的肉體容易有豐滿的精神，而纖瘦的人精神也不容易有贅肉。

假如哈姆雷特擁有北湖（注二）的身體，大概就不會發生那齣悲劇了吧？對於叔叔的陰謀和母親的出軌，只會一笑置之地說「有什麼關係？人生常有的事」，然後依然大口喝酒大塊吃肉，和情人歐菲莉亞結婚，過著子孫滿堂的幸福人生。

我會有這種想法，絕對是因爲看到了身高一百七十二公分、體重五十三公斤的廣告導演結城臣雄先生的關係。

秋吉久美子所拍攝的清涼飲料廣告。

廣告旁白說到「閃～閃發亮」時出現的透明畫面是我的最愛之一，這也是他的作品。

他本人就像清涼飲料般清爽，身材纖瘦修長，整個人顯得閃閃發亮，而且是個憂鬱的哈姆雷特。

對於喜歡的動物是什麼這類問題，他不會立刻回答貓或狗，而會在心裡先苦思喜歡的定義是什麼，好不容易找到一個字回答後立即又產生疑問。看著他對自己的優柔寡斷而苦笑焦慮時，不禁感受到創作者的精神潔癖。

難怪這個人會吃不胖，我心想。不過他的個性很開朗，也很有幽默感。

「爲詩瘦得眼光利，可似青蛙否。」

注一：巴布・狄倫（Bob Dylan），國際搖滾之父。

注二：相撲選手。

這是歌誦室生犀星（注一）的一首徘句（作者是誰呢？或許是室生本人也未可知），我想直接獻給這位廣告導演。只不過青蛙得改成長頸鹿。

用動物來比擬人是很好玩的遊戲，當然對被比爲魚類的朋友有些失禮。

磯村尙德（注二）長得像熊。

石坂浩二長得像老鼠。

而他像長頸鹿。

雖然未曾仔細觀察過長頸鹿的臉，但牠們不吃血淋淋的生肉，經常咀嚼柔軟優雅的金合歡葉片和細枝，感覺這種個性和平、少數群居且高大的動物，和他的形象十分吻合。他也有個四人小組，叫做「馬戲團」。

經營情況也跟馬戲團走鋼絲般危險。自嘲後，他開心地一笑。老闆彷彿都是用抽籤來決定事情。

理想的女性類型是？

「我該說是緣木求魚吧。」

對你而言，廣告創作的工作意義何在？

「將錯就錯吧。」喝了三小瓶啤酒當催化劑，他才終於做出結論。

感覺這個人還活在青春當中。一旦上了年紀，可就沒辦法如此愉快地猶豫了，眞叫人羨慕。

他說最喜歡的是「風」。對於人或物，他喜歡如風般的接觸。

我頭一次遇到這種喜歡無色無形之物的人。直覺敏銳的纖細精神和肉體，肯定很適合佇立在風中吧。

我出了一個難題考他：你爲自己創作一個廣告，同時也爲自己訂一個價格吧。他當場沒有回答，過了四五天才打電話來。

一塊高樓大廈包圍的草地。風中一個男人躺在草地上，仰望著天空。配樂是大衛・鮑伊（DAVID BOWIE）的〈Wild Is The Wind〉或是約翰・藍儂的〈Imagine〉。價格就是那塊土地的價格嘍。好聰明的回答。

補充一點，長頸鹿看似笨手笨腳，據說奔跑的速度和持久力卻不輸馬匹。我想他應該也是一樣。因爲他的眼神這麼告訴了我。

注一：室生犀星（1889-1962），詩人、小說家。

注二：NHK新聞主播。

男性鑑賞法—5

水谷大（美術商）

茶道之中有所謂「拜見」的儀式。

爲了謹愼起見，必須先褪下戒子、手表等飾物，端坐在榻榻米上，仔細觀察依序送上來的茶碗、茶罐，然後裝出煞有介事的表情把玩，詢問主人東西的出處。

這次我拜見的是一位年輕美術商。因爲不是易碎品，也就直接戴著戒子、手表，悠然地鑑賞了。

水谷大，二十九歲。

人如其名，高大的身軀有一百八十一公分，穿著黑色西裝，健步如飛地斜穿過飯店大廳，給人丸紅公司（注）菁英分子的印象；帶點古典風味的長相，頗適合盛裝行進於皇宮的迴廊間。

生於京都、長於京都。

他的父親、兄姊和姊姊的婆家都是古董美術商。一遇到可疑的古物，即便是三更半夜，所有人都會聚在一起翻閱祕藏的古老資料討論。據說這種場合，女人是不准參與的。下面這一段故事，讓我想起了馬龍・白蘭度主演的《教父》。他們家的教父，要年幼的次子對剛買回來的美術品估價。小男孩回答了五萬還是七萬，父親稱讚他說：「估得很準，你很適合從事這一行。」

「如今回想，我應該是被父親騙了吧。」

或許眞是如此，但那應該算是很成功的「教育」吧。

說到教育，他所接受的教育相當不一樣。

他高中一畢業就進入大德寺當修行僧學習讀經、打禪和托缽，之後到東京遊學五年。

說是遊學，感覺很好聽；其實是住在美術商老店當學徒。出身業界名門的小少爺一樣得從掃地、洗衣、顧孩子、幫老爺剪指甲等雜活做起，在日常工作中接觸許多名品，鍛鍊識貨的眼力。

注：丸紅株式會社，是日本具有代表性的大型綜合商社。

他說當年老主人的訓練很嚴格，現在回想起來，他從中感受到深切的愛護之情，堅定地表示想成爲和父親一樣的商人，不禁讓我體會到京都的溫柔和可怕。

有句話說「加賀的溫柔能殺人」（注一），我猜想其起源應該是來自京都吧？東山三十六峰的春霞瀰漫，鬆垮的腰帶和清淡的菜肴，叫人不知不覺連魂魄都被勾了去。仔細一想，京都可是有著千年的歷史呀，這塊土地可是吸收了源氏、平家和天皇一族雍容華貴的京都方言等精華滋養至今的。

「我們這一行靠的是信用。」他說。「到客戶家拜訪，只敢從後門進去。」

別看他說得必恭必敬，他可是一國一城的主人呀，想來做生意的氣勢很強硬。但奇妙的是，滿是銅臭味的金錢遊戲用呢噥軟語的京都方言一談，彷彿也沒了火氣，聽起來不那麼有稜有角了。他也具備打網球、彈吉他的現代性，沒有私人存款，只要有錢就買古物，儘管做的是買賣陶瓷器的生意，用的菸灰缸竟然是啤酒空罐，但對他這樣的「商人」卻絲毫不感矛盾。

他目前主要經手的是畫，說自己的財產就是賣給客戶的畫。「每一幅我都記得。一閉上眼睛，那些畫就出現在我心中的美術館裡。」

村上華岳（注二）、鐵齋（注三）、長谷川利行（注四）。發掘喜歡的畫作，賣給懂得欣賞與喜歡的人，這就是他讓水谷大心中美術館藏越來越豐富的作法。

他給人傳統京都和效率東京的感覺。

憑著這兩項武器，他是否能如《教父》第二集的主角一樣成爲超越父親的商人呢？頗令人拭目以待。

最後請教他如何區別美術品的眞僞？他回答：「熱度。」

這個答案也適用於男人。我偷偷地瞄了一眼他的側臉，感覺十分安心。

注一：原句應是「越中小偷、加賀強盜，能登的溫柔能殺人」，是用來取笑越中、加賀的人是小偷及強盜，能登的人雖溫柔卻很死心眼。

注二：村上華岳（1883-1989），日本畫家。

注三：富岡鐵齋（1837-1924），日本畫家。

注四：長谷川利行（1891-1940），西畫家。

男性鑑賞法—6

倉本聰（劇作家）

前略，咱們之間就省了客套的問候。倉本先生。

好久不見，十分驚訝看到你整個人胖了兩圈。你戴著墨鏡穿過飯店大廳，感覺很有氣勢，與其說是廣播劇本作家，倒像是倉本組黑道大哥的替身。

令我不禁心想，如果讓你和廣播劇老搭檔「皮拉尼亞軍團」的室田日出男（一九三七—二〇〇二）、川谷拓三（一九四一—一九九五）一起演出電視廣告，最一臉凶相的應該是你吧。

太過親密則生侮慢，我們還是轉入正題吧。

爲了訪問一向對台詞、大綱比別人都講究的你，我愼重其事地拿出不太習慣的筆記本好整以暇地開始提問，你的回答卻是簡單明快。

五歲的時候做些什麼？

——發呆。

十歲的時候呢？

——被集體疏散到山形縣。

十五歲的時候呢？

——吹口琴。

二十歲的時候呢？

——大學重考。

作家生活十四年。

寫下了一千齣劇本。

增加了二十公斤。

一千本的劇作中包含了榮獲藝術祭優秀獎、每日藝術獎等名作無數，收到的獎座應該也超過了二十公斤吧。

雖然他不是秋天的秋刀魚，但此時正是他油脂最肥美的時刻。正以爲他是所向無敵時，沒想到他說：「我就怕鬼和打雷。」

一打雷他就想撐起蚊帳（還得是傳統的綠色蚊帳，把手得是紅色布條才行）鑽進去躲著；可惜現代化住宅的悲哀在於無法掛蚊帳，沒辦法他只好拿出鉛筆，窩在房間正中央振筆疾書，讓我聽了很高興。

一道菜也不會做。

從沒洗過自己的內褲。

生活有美麗的女明星夫人照料，家中常有滿懷仰慕的年輕弟子圍繞——過著令人稱羨的日子，你卻說：「凡事都得費心，根本沒辦法工作。」

聽說你在北海道有工作室，不禁感動你是如此溫柔、奢侈卻嚴格的人。

中略，倉本先生。

從你那打高爾夫球晒黑的臉上，無法看出你自稱見人便臉紅的毛病。倒是聽說你的筆名倉本聰，來自親戚家的倉本屋家號和妹妹聰子之名，讓我感受到你羞怯的個性。

是否因爲害怕比一般人大三倍的眼睛會露出羞澀，你才總是戴著墨鏡呢？

女人看性情和溫柔。

男人看誠意。

這是你說的，然而在倉本劇中，我卻明顯感覺男人的溫柔、羞赧，還有溫情和氣魄。

「那種女人家說的謊，就原諒她吧。

「男人不需要別人的安慰。

「那……反而是對他的侮辱。」

你的劇本中充滿了讓男人心醉、女人心動的台詞。最近出版的倉本聰電視劇本集Ⅰ《我家本官》，我拿來當短篇小說讀。文字間體會到你喜歡紅著臉害羞的男人、女人、演員和北海道。

喜歡父親、愛戀母親、容易一把眼淚一把鼻涕卻故意裝作愛生氣的樣子。

「我最討厭假貨！還有眞假不分的傢伙、不想成爲眞貨的傢伙，還有連眞貨是什麼也不願去了解的爛人！」我彷彿能聽到你的怒吼。

這本書應該讓年輕女性閱讀。

這是一本文字很美麗的書。

可以作爲搭訕的教材，同時也是理解「男人」的最佳手冊。

後略，倉本先生。

敬請多加保重身體，努力創作名作，但體重一公斤也不要增加。

男性鑑賞法—7

小栗壯介（服裝設計師）

據說世界上第一位服裝設計師是米開朗基羅，作品是梵蒂岡教皇宮的衛兵制服，我還聽說讓日本女性穿上黑色喪服的是尾形光琳（注）的創意。

米開朗基羅大師設計的制服，我不曾親眼目睹。光琳的提案至今仍能在葬禮中看到，全身的黑，只有領口、家紋和日式襪套是白色的，就連低頭時的後頸、掛在手腕的念珠和淚水也都在他的計算之中。喪服其實比新娘禮服更能呈現女人的性感。

總之，那是經過幾世紀後仍讓女性著迷的設計名作。

假如當初光琳的設計費有抽成的話，肯定賺翻了天。我心裡一邊想著這一點，一邊和新進的毛衣設計師見面。

小栗壯介，二十九歲。五官令人聯想到歌手三善英史。

白色毛衣搭配黑色領巾、灰色長褲，不愧是設計師，穿著十分出眾，但我覺得他更適合穿和服。聽說他留學巴黎，但打扮和散發的氣質，「和風」多於「洋味」。

他出生在神樂坂。聽到他是高級日本餐廳的少爺，母親是日本舞蹈的老師，我才恍然大悟。

這個人也是不立刻回答問題的人。

稍作思考之後，才會面不改色地低聲回答。

設計服裝時，他的心中是否有特定的女性目標呢？

他先是「嗯……」的低吟了一聲。

「關於這個嘛……」說完又考慮三十秒鐘。

「沒有。」

最喜歡女性身體的哪一部分？

這個回答也是一樣。

「嗯……」、「關於這個嘛……」、「沒有」。

喜歡的顏色和討厭的顏色？

注：尾形光琳（1658-1716），江戶時代畫家。

有什麼事曾讓你打從心底悲傷哭泣？

絕對贏不過的對手是誰？

絕望至極的事爲何？

也許是我不會問問題，他對這些問題的回答竟然都一樣，臉上浮現親切的笑容，千篇一律地回答「嗯……」、「關於這個嘛……」、「沒有」。

我覺得越來越莫名其妙了。他是冷漠還是誠實呢？或是小心謹慎得可以？不管怎麼說，這種情況下多少也該有些服務精神或製造效果，隨便回答點什麼才是正常的。他卻不一樣，就是很自然地回答：「沒有」、「不知道」。

即便如此，該做的事他還是做得很漂亮。

身兼毛衣設計師和社長，活躍於時裝界，他讓我欣賞了他的作品，其不經意處所展現的低調性感，果眞懂得掌握女人心。

我想起了自行車選手的故事。參加自行車比賽時，如果一馬當先，會因爲風勢太大而筋疲力竭。獲勝的祕訣是維持第二位，直到最後才開始衝刺。戰場上也一樣，沒有比高舉軍旗大喊「衝呀」的勇敢士兵更容易中彈身亡的了。

我的腦海又浮現了隨時退居第二位，人稱「不倒翁」的中國首相周恩來。

眞正可怕的或許是這種男人吧。沒有大動作、說話也不會口沫橫飛、不會殺人也不會自殺，當然也不會破產，但不經意間他卻已經站在最高點。

這應該也算一種強烈的個性。

他喜歡的作家是沙林傑（注一）。

心儀的畫家是大衛．霍克尼（注二）。

閒聊之際，他也能娓娓道出對未來堅定的抱負和對設計的看法，令人佩服他的成熟。佩服之餘，也驚訝他整個人所散發出來的絕妙平衡感。

也許不到唐吉訶德的境界，但不斷朝著無限的夢想邁進，即便遍體鱗傷、絕望沮喪，不也是青春嗎？人生是無法重來、苦澀又甘美的競技場。

然而現代的年輕成功者，卻不屑做這樣的白工，夢想和希望也只要適可而止就好。他的白色毛衣大概未曾髒過吧？比起頭戴紅色安全帽衝鋒陷陣的男人，他才是強者。「風雪折不斷柳葉」果然是名言！

注一：沙林傑（Jerome David Salinger,1919-2010），美國作家，作品有《麥田捕手》。

注二：大衛・霍克尼（David Hockney,1937-），英國版畫家。

男性鑑賞法—8

尾崎正志（刷版師）

聽說有一位從巴黎留學歸來、年僅二十五歲的版畫刷版師。

畫師、園藝師、刺青師……凡是冠上「師」的男性職業都有種古典的性感。再加上又增添了法國的色彩，害我出門時不禁想像他是長髮、高䠷，一如年輕時的橫尾忠則（注），直到親眼目睹才知道完全不是那樣。

在那間位於赤坂，用公寓停車間改造的單調工作室裡，只擺著兩三架印刷機般的機器。一名穿著牛仔褲、工作襪套、理光頭、體格魁梧如泥水匠，揮汗如雨正在磨平三十公斤版石的年輕人，就是尾崎正志本人。

穿著工作襪套，是爲了比較好使力。

理光頭則是因爲刷版的過程中絕對不能有頭髮掉入。

這種職業需要體力，因此沒有女性的刷版師。

據說早上還九十四公分的胸圍，到了傍晚下班便會擴大成九十八公分。

「總之很容易餓肚子。收入的一半幾乎和同事三人全繳給了附近的中華餐館。」

但一提到「色彩」，這位壯碩如泥水匠的年輕人的表現力硬是比三流作家要豐富許多，自然生動地訴說自己的世界。

「刷版時如果抓到感覺，就算只是瞥見路過的車子，也能立即調配出正確的色彩。」

刷版師的工夫就在拿到畫家的原版畫時，立刻能調出顏色。墨彩有三十六色，據說光是黑色就有七種，比例拿捏全靠感覺。

換句話說，他可以在一瞬之間將周遭景色轉換成石版畫。

最不拿手的顏色是紅色。

「紅色中融入了作者多少的熱情，我完全沒有概念。」

他所出生和長大的北海道是個灰色世界，加上沒有女性手足，因此和紅色世界無緣。或許是這個緣故，他也討厭番茄。

注：橫尾忠則（1936-），畫家。

「我不能忍受番茄的紅配綠。外表光滑而裡面粗糙的東西，我也不喜歡。「石頭就跟女人的肌膚一樣，對待它要像在女孩子耳邊吹氣般輕柔，我總是跟年輕學徒這麼說。」

他所謂的年輕學徒，其實是一名手臂結實如摔角選手、笑容可愛的青年。想到在這個如地鐵建造現場的工作室，和一群身材魁梧的藝術家進行纖細而溫柔的對話，不禁令人覺得快樂及有趣。

刷版的樂趣是什麼？

「掀開的那一瞬間。」他說。瞬間出現了一幅畫，一種不可言喻的快感。

有人說刷版師像鸚鵡。刷版師將一幅原稿刷成一百五十張版畫，就如重複相同話語的鸚鵡。他將工作室取名爲ＯＭ，既是OZAKI MASASHI（尾崎正志）的簡稱，也是印度教神明歐姆（Ω）的意思。

然而聽過他的人生經歷，就知道相同的事他絕不做第二次。

他父親的興趣是玩版畫，他從小耳濡目染，可惜在參加藝大第三次入學考試前，身爲企業家的父親破產了，他只好一邊上東京做板金工、送牛奶，靠著自學習得刷版技術，甚至通過了四十人中只有一人得以錄取的文化廳留學考試到法國留學一年。十九歲結婚，二十四歲離婚，回國後開工作室，事業發展順利……

一般年輕人十年的經歷，他五年便走完了。

他不做無謂的比賽。

放棄那種和別人競爭的升學、就業，走自己的路，自己和自己的人生賽跑。他將人生投注在自己選擇的終身事業——與「色彩」的對決上。

越是弱小的動物才需要群體生活。

放棄大學畢業紀念冊、以及和大家並肩合唱人生歌曲的安全道路，這種男人的自信及瀟灑感覺眞酷！

話又說回來，在他有著白俄羅斯血統的白皙俊美臉龐上，爲何同時存在著少年的無邪和老成呢？難道是二十五歲便發現了潛藏在自己體內的才能礦脈，那種感覺敏銳的人所擁有的寂寞和空虛嗎？

男性鑑賞法—9

根津甚八（演員）

如何選擇男性，是件困難的事。

選雞蛋可以透過陽光檢查；也可以貼在唇邊，只要感覺溫暖就是新鮮的。男人就不行了，如果像賽馬一樣，光調查父母血統就「買下來」是很危險的。因此只能像古董店老闆常說的那句話：「好東西看多了，自然能培養眼力」。

有些男人不會害羞。

池田大作（注一）、石原愼太郎（注二）、市川染五郎（注三）、三波春夫（注四）等幾位就是，我甚至懷疑他們是否連睡覺時也充滿了自信。雖然我常說大話，但畢竟女人不太可靠，俗話也說大樹底下好乘涼，我自然覺得這種男人值得信賴——不過偶爾也會覺得無趣，轉而注意害羞的男人。像賈利古柏、詹姆斯狄恩等老牌大明星，就是靠我這種女人暗地裡的嘆息培育出來的。

我認爲根津甚八也屬於此一系統。

他用低沉的嗓音訴說自己的生平，東京永福町牙醫的三男，畢業於德協大法語系，因迷上唐十郎（注五）而加入劇場等種種過往。他原本打算把藝名取爲日暮里蘭坊，他曾在日暮里住過，又很喜歡詩人韓波（注六），後來因爲在舞台上演出眞田十勇士（注七）的根津甚八，自己的本名也叫根津透，因此便定案了。今天身上只有六百圓現金；目前愛吃的東西有中華包子和炸豬排；覺得不錯的演員是荻原健一；與其老醜寧可夭折，女人最棒的一點是可以生小孩；雖然幹演員這一行很丟臉，仍決定「不顧

注一：池田大作（1928-），國際創價學會會長。

注二：石原愼太郎（1932-2022），小說家、畫家，之後當選東京都知事。

注三：歌舞伎演員。

注四：三波春夫（1923-2001），演歌歌手。

注五：唐十郎（1940-），名舞台劇演員、劇作家、導演。

注六：韓波（Jean Arthur Rimbaud），蘭坊和韓波的日文發音一樣。

注七：日本戰國末期，跟隨在名將眞田幸村身邊的十位奇人異士。

一切堅持下去」……

只見他很潔癖地盡量避免說年輕藝人的用語，猶豫謹慎且害羞認眞地回答我的提問。

他的眼睛很美，閃著幽暗冷酷的光芒；嘴唇則跟眼睛相反，有種親切的甜美。他承認自己容易落淚，又因為希望活得冷酷瀟灑，卻受困於無法貫徹的溫柔感性，而顯得焦慮不安。如果他再多些「卑鄙下流」的話，一定能成爲大人物。

這一點看亞蘭・德倫就知道，同時擁有名聲和財富的男人多少有些「卑鄙下流」之處……

喜歡狗還是喜歡貓呢？

這個問題在選擇男性上也很有用。

穿著深藍色西裝上班、每個月薪水固定拿回家、三十五歲便開始貸款買房子，人生按部就班的男人屬於犬型。他們總是盛裝出席妻子親戚家的婚喪喜慶，一定參加小孩的運動會、揮汗演出兩人三腳的比賽項目，退休金也早就做好安排、不會讓妻子流落街頭。這種男人既健康又安全。

相對來說，貓型的男人就顯得隨性而危險。

這種男人不管對職業還是女人，甚至對自己的人生都不肯表示忠誠，因此會苦了跟他一起生活的女人。根津甚八毋庸置疑是貓型吧。西裝就只有那一套，嘴裡常說他不適合當上班族；拿手的運動項目是劍道，竹劍在動靜之間瞬間的躍動，跟享受日光浴的睡貓無聲地躍起捕雀有著異曲同工之妙。這麼說來，他曾微微一笑說：「我老婆……是搶來的。」

「從小我就給人一種棄兒的印象。」他說這句話時像是在撒嬌和使性子，顯示自己不惑於群眾掌聲的彆扭態度。一如動物用輕咬來表示愛情一樣，這名青年也不會做出握手、點頭的動作，而是選擇輕咬對方。他不是目前所流行的反叛型青年，卻擁有貓科特有的柔軟和強韌。

帶著這種男人回家宣布「我要跟他結婚」，恐怕父母都不會有好臉色吧。父親肯定會抱怨說：「的確很有魅力，但將來會很辛苦。」

父母說得的確沒錯，這種男人不只是在金錢方面，在愛情方面，每個月也無法跟妻子記的帳簿吻合。吸引妳的男人，對其他女性也同樣充滿魅力，所以才難解決。尤其貓和狗不一樣，牠們不習慣戴上項圈。

除非女人也變成母貓跟著一起打情罵俏，不然就挑選一隻跟自己完全不同的公貓，保持距離地欣賞、關愛和交往，只有這兩種選擇。然而大部分的女人都沒有信心可以忍受半個世紀，於是紛紛選擇穿著深藍色西裝、個性忠實的犬型男性作爲伴侶。同時對於充滿魅力的貓科男性，總是不斷投以望塵莫及的熱情視線和嘆息。

（an・an／1976・1・20～1977・12・20）

3

中野的獅子

我曾在早晨郵局將開未開之際，看見門戶大開的側門一下子衝出幾十輛腳踏車到街上。

腳踏車是熟悉的紅色腳踏車，前面掛著飽滿的黑色大皮包，騎車的郵差穿著深藍色的制服。

從原本稱爲郵政局的麻布郵局的老舊石砌建築裡，一口氣吐出五輛、十輛、二十輛的腳踏車，像紅色和黑色的水流般從正面的大馬路分散左右的光景，就像是國外的風景畫。

雖然風勢有些強，就早春而言算是溫暖的晴日早晨。或許因爲如此，一大群紅色的自行車不像是準備出門工作，倒像是即將參賽般充滿了興奮感。騎車的人如賽車選手般誇張地左右搖晃著肩膀，有點像在玩耍，旋即我便發現是因車前所掛的沉重大皮包所致。每個皮包都張開大口努力塞滿郵件。

突然間，我聽到自行車緊急煞車的聲音。

一輛黑色轎車停在郵局右前方，不遠處的地面橫躺著一輛紅色自行車，身穿寶藍色制服的人呈く字型倒臥一旁，身體成大字型仰躺，一隻腳如馬蹄抽踢了兩三次，便一動也不動。臉色蒼白的中年男子從黑色轎車裡衝出來扶起倒地的人。

在他們的身後，紙張如雪片般漫天飛起。

原來一陣狂風吹來，使得郵件從大皮包的開口飛舞出來。

大張的紙片如夢幻般朝空中飛舞，除了從堵塞的車隊後面傳來的喇叭聲，這場車禍就像是靜止畫面。

我目瞪口呆地站在郵局前面。這時，被移往對面馬路的傷者身邊已形成一道人牆，有的人幫忙撿拾散落在馬路上的郵件，郵局裡也衝出許多職員。

只有一個人，至少在我視線所及，只有她對眼前光景完全視若無睹地繼續前進。

那是名年過半百的婦女。

她穿著很普通的洋裝，給人一般家庭主婦的感覺。她似乎完全無視於路上大聲喊叫的郵局職員、觀望的人牆、卡在行道樹上或如落葉般掉落腳邊的郵件，只是目不斜視、腳步悠然地往六本木的方向移動。

她的背影不像是明知有事卻故意裝作不知道的漠然。我懷疑她是否眼睛或耳朵有障礙，但好像也不是。是在想心事嗎？難道有什麼煩惱能讓她連路上車禍都無暇顧及呢？畢竟這是擦身而過的我們無法猜測的，只能說她周邊瀰漫著不同的空氣。

從飯倉方向傳來了救護車的警笛，那名婦女依然頭也不回地繼續前進。

那是七、八年前的往事了，那個春光明媚、幾乎可以被現代百人一首所吟詠的早晨，那道輕快飛奔的紅色自行車車流和突如其來的紙片飛雪，如今想來都好不眞實。當中最不眞實的便是那名目不斜視、繼續前進的婦人。

那究竟是怎麼一回事呢？

大約是兩年前吧，我正在走路，突然有人從天而降。

不記得是什麼季節了，時間呢……因爲是我傍晚出門購物的時間，應該是四點左右吧。印象中那是個陰霾的午後。

我提著購物袋，走在行道樹旁，冷不防地有個穿灰色工作服的男人掉了下來。

只見那個腰間繫著粗大繩索、上面掛滿各種工具、年約三十的男人一屁股坐在杜鵑花叢上，看著我嘿嘿一笑，像是哪裡故障般笑得很古怪。

他好像是在修理電線時不小心摔了下來。垂掛在三公尺高的同事大聲詢問：

「喂！你還好吧？」

他似乎沒辦法立刻站起來，但好像也沒什麼大礙，加上能夠正常說話，我也就安心了。這時有兩名男子從我身邊走過。

從他們的背影來看，應該還很年輕。不知他們在聊些什麼，居然頭也不回地快步離去。難道他們沒看見剛剛眼前有個男人從天而降嗎？

比起有人掉落，他們的態度更令我吃驚。我看了一下周遭，有牽著小孩散步的主婦、有騎著三輪車的人，卻沒有人注意到上面或是我這裡。

有些事情會發生在沒有人注意到的瞬間。

明明應該看得見的，偏偏就是沒有人看見。

就算事情發生在眨眼之間，總不會十個人都同時眨眼吧，但十個人都沒看見。

我彷彿作了一場白日夢似的，有些精神恍惚地走回家。

前不久我出版了第一本散文集，名為《父親的道歉信》。

其中一篇提到了發生在三十四年前東京大空襲夜裡的往事。

當周遭的火勢蔓延過來，我們家的樹籬如新春時的七草（注）般枯乾發白，葉片背面也翻捲起來，火苗如同著了火的老鼠般到處亂竄。我在文章中寫到我們一家人顧不得眉毛、睫毛可能燒焦，忙著用泡水的滅火撣子拍打火苗，但弟弟卻說不記得有這回事。

因爲情況危急，弟弟帶著么妹到原本是賽馬場的空地去避難了，但之前他都在場的呀。

我們怕原本埋在後院、上面蓋著蓆子的牛蒡受熱會壞掉，趕緊挖出來塞進防火用的水桶裡，結果兩姊弟頭上都被父親敲了一記：「這樣子怎麼打水！笨蛋！」

結果我們又趕緊把牛蒡放到地面，兩人一起坐在上面讓被火烤熱的鋪棉褲降溫。眼前的樹籬像著火的老鼠般竄起紅色火苗，我正要開口說話，弟弟似乎被別的東西吸引住視線。

走廊一角有個白鐵製的雨水槽。

它上面塗有防鏽的褐色油漆，火苗燒到那裡時，油漆塗得較厚的地方燃起藍色的熊熊火焰，看得弟弟心想「好美啊」。

注：日本習俗之一，於元月七日早晨食用加了七種蔬菜的稀飯。

小我兩歲的弟弟，當時是中學一年級。

我沒有看到那些藍色火焰。

明明兩個人坐在一起，彼此卻看著不同的東西。

所謂的家人眞是奇怪，好不容易撿回一命的空襲之夜，竟然從來不曾好好談論過。我們倒是曾半開玩笑地談起空襲隔天中午，全家人以爲死路一條而自棄地吃著炸番薯的事。或許是對那段生死未卜的時光感到有些難爲情，就這樣閉口不談地過了三十年。

回憶和往事往往都是第一人稱敘述，而且是單眼畫面。

儘管努力張大眼睛、希望永遠記住眼前情景，但衝擊越大注意力越容易聚焦在某一點。

我現在住青山，不過二十多歲時住在杉並，於日本橋的出版社工作，上下班都搭中央線。我曾在某個夏日傍晚，看見車窗外出現了奇妙的景象。

地點是從中野站出發經高圓寺的下行列車的右側，如今那裡已是高樓林立，二十幾年前則是櫛比鱗次、緊鄰著鐵道的木造雙層住家。一到傍晚就能看見穿著拖鞋短褲在屋裡休息的居民，甚至連他們晚餐吃的菜色也能一窺究竟。

編輯的工作經常遲歸。身爲女孩子，我卻學會了喝酒，有時被誇海量不免乘興貪杯，很少有機會回家吃晚飯。那一天不知道爲什麼，居然在正常下班時間搭上往吉祥寺的電車回家。

當時的尖峰時間車廂內沒有空調，悶熱異常。我抓著吊環，看著敞開窗戶外面的夕陽景色。

性急的人已打開電燈閱讀晚報，悠閒的人則在微暗中發呆——就在這個時刻。

我看到了一頭獅子。

一棟簡陋的木造公寓裡，同樣是整個敞開的窗戶護欄邊坐著一個男人。他年約三十，身材削瘦、一臉寒酸，穿著洗得鬆垮的內衣，茫然地看著外面。

他的身旁有一隻獅子。一隻鬃毛蓬鬆，體型龐大的雄獅，和男人並肩坐在一起望著窗外。

那是瞬間看到的畫面，我很難正確描述那一刻自己周遭的狀況。

我驚訝地幾乎要停止呼吸。當然我以爲周遭，至少和我一樣抓著吊環、看著窗外的乘客會大叫：「啊！有獅子！」

但卻沒有人出聲。

兩旁的上班族一副半蒸熟的表情，連開口都嫌麻煩似的隨著車身晃動。看到那種表情，我實在開不了口問：「你剛剛有沒有看到獅子？」

我該不會是睡著了吧？

還是看到幻影了？

不可能的。那明明就是一隻獅子。

也許有人會說那是填充玩具，但那是現在才有的推測。二十幾年前並沒有像今天一樣，有那麼精緻的填充玩具呀。

此時的我也有些茫然了，在車站前的一家老咖啡廳喝了兩杯咖啡後才走回家。

我從不曾像那時般羨慕起沉默寡言的人。一個不善言詞，有點口吃、看起來忠厚老實、帶點地方口音的人如果說「中野有隻獅子」、「我在中央線看見一隻獅子」，一定有人相信。

換作我就不行了。誰叫我說話速度快、一口標準的東京腔、平常又大嘴巴；加上生性膽小，爲了討好別人常刻意將事情說得很有趣。

假如是寺山修司（注一）或無著成恭（注二）的話，應該會被採信吧？我平常說話太誇張，能被當作是中暑就算幸運的了。

「該不會是看多了雷內．馬格利特（注三）的畫吧？」想到被這麼嘲笑，自己滿身大汗急著解釋卻又無法證明的情景就覺得淒涼，因此至今從未曾向別人提起過。

之後再搭乘中央線，快到該地點時，我特意將身體探出車窗觀望，只見並排的窗戶，卻不見穿著內衣的男人和獅子，也沒聽說新聞報導在中野一帶有獅子逃脫的消息。

可是……

直到今天我仍相信我看到的是眞的獅子。

明明存在，但告訴別人會被當成謊言的事，確實發生了。即使五十個人、一百個

注一：寺山修司（1935-1983），詩人、電影導演。

注二：無著成恭（1927-2023），僧侶、教育家。

注三：雷內．馬格利特（Rene Magritte,1898-1967），比利時超現實主義畫家。

人都看見了，其中一定有一人沒有看到。

聽起來或許像強詞奪理，既然有那種百人看見、一人不見的情況，反之若只有一人看見、百人不見，也不能說絕對不可能發生吧？

翻閱歲月的檔案夾回想，掉落在我身邊的電線工人、如水流般的紅色自行車隊、明媚春光中的紙片飛雪和中野的獅子，全都存在同樣的景色之中。

東京大空襲的夜裡，火苗像過街老鼠般亂竄的景象也在其中。

既然如此，我覺得無所謂了。畢竟記憶的證人就只有自己。不管如何加油添醋想取信於人，總有些記憶想留存自己心裡，只要自己知道真假就好。

如此思考之餘，發現心中還是有些不甘。

老實說，我曾期待有人出面說「二十幾年前我在中野養了一隻獅子」。就像那個一心等候不會歸來的兒子的「岸壁之母」（注），前不久我才又搭乘中央線電車在同一地點跟過去一樣探出身體觀望。

（別冊小說新潮／1979・春季號）

注：日本政府為感懷戰後許多在沿岸苦苦等待自海外撤退子女的母親，而在舞鶴港立碑紀念之處，經常成為電影及詩歌的題材。

新宿的獅子

我們家的電話在鈴響之前會先聳肩。

一發覺到無聲的訊息，我會先停下手邊工作，看著電話。

「吉或凶呢？」

通常我會在心中做好準備，心虛時還會想好藉口，等鈴響兩聲後才接。一旦知道不是電視劇本的催稿，就換我自己安心地聳肩了。

那通電話在傍晚時分打來。

那時投進公寓門口信箱的晚報正卡住拔不出來，我聽見客廳的電話鈴響，一急便扯破了晚報。我拿著破報紙，有些不高興地接起電話，語氣尖銳地報上姓名。

一個應該是中年男子的聲音，再次確認過我的名字後，深吸一口氣才說：「是這樣的，我就是那個在中野養了獅子的人。」

我不記得當時回答了什麼，正思考對方是否是惡作劇時，從語氣立刻得知應該不是騙人。但我還是半信半疑地不斷重複：「眞的嗎？眞的有隻獅子？」

對方似乎是個很文靜的人，他語帶靦腆地解釋：「讀了您的文章，我不禁懷念起當年的事，才冒昧地打電話給您。我的確是養了一頭獅子。」最後他還補充自己姓岡部。

接到這通電話的五天前，剛上市的別冊小說《新潮》（一九七九年春季號）有一篇我寫的文章，名爲〈中野的獅子〉。

二十多年前的某個夏日傍晚，我曾在中央線的車窗外看見奇妙的景象。

我看到了一頭獅子。

一棟簡陋的木造公寓裡，同樣是整個敞開的窗戶護欄邊坐著一個男人。他年約三十，身材削瘦、一臉寒酸，穿著洗得鬆垮的內衣，茫然地看著外面。他的身旁有一隻獅子。一隻鬃毛蓬鬆，體型龐大的雄獅，和男人並肩坐在一起望著窗外。

我驚訝地幾乎要停止呼吸。看了一下周遭，那些抓著吊環、看著窗外的乘客卻沒有人大驚小怪。看著兩旁一副看似被半蒸熟，連開口都嫌麻煩地隨著車身晃動的上班族，我實在開不了口問「你剛剛有沒有看到獅子？」。我該不會是睡著了吧？還是看到幻影了？不可能的，那明明就是一隻獅子。一路上我像是被鬼附身一樣地自問自答。之後在車站前的一家老咖啡廳喝了兩杯咖啡才走路回家。

我一向喜歡誇大事實，將看到的事物刻意描述得很有趣，但唯有這件事我連家人都沒說。每次搭中央線經過中野站附近時，我都會不自覺地伸長脖子觀望，但經過二十年的歲月，印象也模糊了。

我碰巧將之寫成了文章，但其實百分之九十九沒有自信。文中提到有五十人甚至是一百人看到的車禍現場，卻有一名婦人視若無睹、揚長而去，也提出了強詞奪理的理論：既然有那種百人看見、一人不見的情況，反之若只有一人看見、百人不見，也不能說絕對不可能發生吧。心想無所謂了，卻仍有些不甘。還期待著有人會出面承認「二十幾年前我在中野養了一隻獅子」，就像那一心等候不會歸來的兒子的「岩壁之母」。

儘管文章上那麼寫，其實是爲了效果，我個人根本不抱任何期待，甚至連寫過「期待」二字的事都忘了。但我卻接到電話了，「岩壁之母」等了二十年的兒子歸來了。中野眞的有過一頭獅子。

我握著話筒，無法壓抑住逐漸湧起的笑意，不禁用破報紙遮著臉放聲大笑。心裡並不悲傷，卻流下了淚水，連鼻涕也噴了出來。

岡部先生等到我停止笑聲，才慢慢地繼續說話。

那頭獅子原本是他在新宿御苑隔壁開酒館「八洲鶴」的姊姊養的。姊姊過世後由他接收，之後獅子也跟著他一起搬到了中野。我看到的當時，獅子有近百公斤的體重。岡部先生說，因爲詩人草野心平（注一）開的酒吧「學校」也在附近，草野先生也知道那頭獅子，曾寫過文章提起，他會幫我找找看。我們約好近日內見面以便了解詳情後，才掛上電話。最令我吃驚的是，那頭獅子居然是母獅子。不知道是哪裡搞錯了，在我的記憶之中，獅子明明頂著蓬鬆的鬃毛。也許是我看多了米高梅電影的關係吧。

掛上電話之後，我仍繼續發呆。將破爛的報紙拼湊起來看，卻完全讀不進去。比起任何頭條新聞，二十年前我在電車車窗上瞬間看見，不對，是我以爲看見卻又告訴自己應該是幻影的獅子眞的存在。原來我沒有看錯——這個事實對我來說才是今天的頭條。

這通電話之後，我又接到好幾位朋友來電告知有關中野獅子的消息。

芥川比呂志（注二）先生透過演員加藤治子小姐告訴我，串田孫一（注三）曾在散文中寫到獅子的事。之後又收到草野心平先生寄來的信，信中還附上刊登於昭和三十五年（一九五九）九月號《新潮》雜誌裡的文章〈酒吧「學校」〉，以下摘錄其中的一段。

從麻布時代以來，許多奇怪的傢伙經常光顧本店。這個月的常客中，最出色的算是「獅子青年」了。我沒問過對方名字，對方也未曾自我介紹過，因為他養了一頭獅子，姑且如此稱呼他。他說曾經喝醉回家，一頭栽進獅子籠裡睡到天亮，睜開眼發現頭髮沾滿獅子的口水。現在那頭獅子已經一歲半了，所以不能跟小時候一樣抱著睡覺。日前他手上的繃帶沁出了紅藥水，說是被那頭母獅子咬傷的。瞧他一臉得意的模樣，應該算是love bite吧。

秋山加代小姐也打了電話。

注一：草野心平（1903-1988），詩人。
注二：芥川比呂志（1920-1981），演員、導演，芥川龍之介長子。
注三：串田孫一（1915-2005），詩人、哲學家。

故小泉信三先生長女，著有《辛夷花》的名散文作家秋山小姐表示，有住在中野的親友知道那頭獅子的事。

「中野本來就有一頭獅子呀。」她的口吻氣定神閒，還稀鬆平常地補充她曾在中央線的玻璃窗上看見映在酒店櫥窗裡的睡獅身影，以為自己是在作白日夢！

當時我聽了只是猛笑，然後開始打電話向朋友報告中野曾有過獅子的往事，並吹噓自己二十年前一．五的好視力。

時序進入五月，我和獅子青年約在新宿見面，他說還邀請了酒吧「學校」的老闆山田久代女士，她也知道那頭獅子。這天一早起我便無心工作，尤其我向來偏愛貓科動物，儘管年紀一大把，去動物園卻總是往獅子、老虎、獵豹等猛獸區跑，我抱著像是要跟獅子約會的心情，忙著到美容院整理儀容等待天黑。

我們見面的地點是新宿的「鈴屋」。因為我早到，正悠然踱步打發時間之際，一名三十出頭的上班族男性前來搭訕：「可否請妳用餐呢？」

我曾被人搭訕喝咖啡，請吃飯倒是第一次。誰叫我平常眼神犀利，缺少女性嬌柔的魅力，但心中一有高興的事，立刻就寫在臉上了。這名乘機突擊的獵豔高手果然很有一套！

「不好意思，我已經跟獅子有約了。」我在心中回絕了對方，只客氣地點頭致意。

二十年前的獅子青年「身材削瘦、一臉寒酸」，如今則是禮貌周到、高瘦白皙的中年紳士。他從事俄語的翻譯，聽說最近剛去了莫斯科一趟。與其說是獅子，應該說比較像冰原上安靜的馴鹿吧。二十年前他二十三歲，「穿著洗得鬆垮的內衣」——由於我文章上如此描述，趕緊向對方致歉。他卻笑說：「當時大家都是那樣。」

他說母獅子名叫龍子，起初只有貓的大小，飼養間逐漸長大。過去對於飼養猛獸的規定不若今日嚴格，但畢竟鄰居們會說話，因此他平常不太開窗。那一天是夏天，他剛剛幫獅子洗過澡，只開了一下子窗戶，居然那麼湊巧就被我看見了，他還稱讚我視力很好。

陪同前來赴約的山田久代女士跟那頭獅子的相識過程也很有趣。

配合酒吧「學校」的開張，她去採買東西，因為東西太重，正打算坐下來休息一下時，竟坐在內有獅子的櫥窗前，當場嚇得腳軟。因為這個緣分，獅子主人的岡本青年從此成了「學校」的常客，受到草野心平先生關照，至今仍有往來。據說岡部青年的老婆也是山田久代女士幫忙找的。山田女士年紀長我一些，身材高䠷、容顏秀麗，因爲長期擔任草野心平先生的祕書，聰敏豁達、熱情大方，給人「母獅子」的印象。

當我知道岡部先生過世的姊姊跟我的親戚間有過一段近半世紀的浪漫愛情，不禁感嘆這條獅子所加持的命運線竟如此神奇！

他們兩位都是海量，吃著當季的鰹魚料理，觥籌交錯間聊起二十年前的獅子，又談到與獅子一同住在新宿御苑附近的往事，最後話題又回到獅子身上。

一名酒醉的建築工人跑進龍子的鐵籠裡被咬傷的事。龍子最喜歡主人趴在鐵籠外，以同樣高度繞著牠走動的事。長大之後仍放心讓主人親吻牠的事。因鐵籠太小，龍子得了佝僂病，只好交給多摩動物公園收養，六歲那年終於病逝的事。

二十年前曾經擁有過獅子的新宿御苑前，如今已改建成銀行。

「就是在這附近。」引領我們前來的岡部先生一臉感慨。要不是獅子也不會相遇的三人，立刻又轉往距離不遠的酒吧「學校」。一隻獅子消弭了我們初次見面的生疏與客氣。

岡部先生讓我看了他被龍子咬掉整塊肉的傷痕。

他提起了紅顏薄命的姊姊，對於同樣沒有伴侶及孩子的龍子，他也說牠「眞是可憐」。

「那傢伙從來都不曾吼叫過。」

他有些悲傷地笑著說：「所以才能在市區裡飼養吧。」還說獅子固然可愛，卻也惹人生氣，很難照顧，甚至直言說曾經怨過死去的姊姊硬將獅子塞給他，說時眼眶都濕了。

雖然我只養了三隻貓，對他的話卻感同身受。我想貓咪有時應該很想暢快地奔跑、爬樹、追捕獵物、或嘗試要命的冒險吧。連體重四公斤的貓都有如此想法，更何況體重百斤的萬獸之王呢？我不禁感嘆岡部先生真是個有惻隱之心的好主人。

那一夜我們或許聊的是獅子，其實是在緬懷二十年前的青春歲月吧。那時我們都年輕力盛，毫不考慮對方地彼此亂咬。當年的新宿和中野入夜後雖然陰暗，卻有一種前途即將開展的活力。

不過，我倒是一直在思考瞬間所見事物的正確度。

以爲是雄獅，結果卻是母獅子。

我也沒發現獅子的周圍還有鐵欄杆，從電車車窗看到的地點也有些錯誤，以爲是二樓，其實是一樓。

拉開長期以來緊閉的抽屜，抽出已經泛黃變色的照片，儘管毀損的照片該拿去修復，但奇妙的是記憶就如快門一樣，一旦啪擦按下後便在腦海中顯像定型，即便重新洗過也無法改變了。

我的獅子依然是頂著蓬鬆鬃毛的雄獅，哪有什麼佝僂病。牠不是住在動物園裡的病獅，而是健壯如米高梅電影片頭的雄獅，坐在窗戶大開的扶手欄前，沒有關在籠子裡。

旁邊有個年輕男子。

因爲見到本人，於是想像中的青年臉孔和剛見面的岡部先生重疊了。只是不好意思的是，如同我的回憶，他身上還是穿著鬆垮的內衣。前面我沒提到，其實溫柔敦厚的岡部先生曾表示「不記得穿過那種東西」。就這點來看，我的記憶似乎有誤。本人或許有些不滿，但都經過二十年了，總不能叫他脫掉吧。這張照片就讓它維持錯誤的影像重新洗出，呈現在世人面前吧。

不過那眞是個愉快而奇妙的一晚。或許再過二、三十年，垂垂老矣的我會說：「從前我曾在新宿和獅子喝過酒呢。」

（別冊小說新潮／1979・夏季號）

銀行前面有隻狗

九月二十二日的富士晚報有篇「惡徒一人分飾雙胞胎」的報導。

雖然是常見的金光黨事件，手法卻很講究。一名男子扮演雙胞胎，昨天是哥哥、今天是弟弟，一人分飾兩角騙取了一位大姊的巨款。

根據報載，在川崎某酒店服務的加奈子（假名，三十九歲），上班時認識了一個自稱是「高志」的二十八歲男子。

加奈子曾經結婚生子但婚姻失敗，現在獨自生活。聽到「高志」虛情假意地說「我們結婚吧，年齡不是問題」，她便放下心防，把人和荷包都交給了對方。

「高志」對沉浸在新婚喜悅的加奈子說：「我有一個雙胞胎弟弟，名叫『勝雄』。我們的興趣、服裝都一樣，甚至連身上傷痕也在相同位置。我出差時如果他來了，妳要好好招呼他呀。」

幾天後，弟弟「勝雄」真的來她家拜訪了。

「哥哥出差時出了車禍，急需一筆錢。」

她心想「都說雙胞胎長得像，果然還眞是一模一樣」，便交給對方十萬圓。兩、三天後包著繃帶的「高志」回來了，說聲「謝謝」住了三天。經過幾天，弟弟「勝雄」又跑來說「哥哥被暴力集團打了」，拿走了六十萬。接著換「高志」上場表示「都虧妳的幫忙，謝謝」，又住了三天……

就這樣，加奈子銀行的存款在一個月內變成零，這才懷疑地趕緊報警，抓到這名叫武田信一的嫌犯。這個武田不但有老婆也有小孩，報上還刊了兩張他的照片，感覺像是歌手五木寬變帥後的模樣。

「女人急著結婚，便被男人的溫柔給沖昏了頭。」刑警的感想。

「眞是氣死人了，絕對不能原諒他！」加奈子的心聲。

「沒錯，這種行爲絕不能原諒！」這篇報導最後是記者所下的正義結論。

記者充滿趣味的寫法，對被害人或許有些失禮，但相信大多數的讀者都是邊讀邊笑，而全日本笑得最大聲的肯定是我。大約是十七、八年前，我曾經打算寫一個跟該事件幾乎如出一轍的電視劇。

當時我一邊在出版社上班，一邊開始有樣學樣地寫起電視劇本。我加入了一個由無名新人組成的作家聚會，我們定期針對當時很紅的戲劇節目「快撥一一〇」提出腳本大綱。如果大家一致稱好，就可能受邀寫成正式劇本。

聚會中我提出了一個跟富士晚報該篇報導幾乎相同的大綱，靈感來自當時很紅的雙胞胎歌手「花生姊妹」。但我說完後，大家都不發一語，就連製作人和廣告代理商也只是默默地吸著香菸。

前輩作家H先生回去時約我喝咖啡，我們走進電通街上的一家小店。

「我認眞地問妳，妳覺得自己剛才說的情節眞的有可能發生嗎？」

本來我就不是很有自信，加上H先生充滿寬容的語氣，整個人頓時就像消了氣的氣球一樣。

「不可能的。」

H先生一副「就是說啊」的表情用力點頭。

「戲劇最重要的就是講究眞實性。」他一手拿著冰咖啡，像是對妹妹說話般溫和地教導我。「想要跟別人不一樣，顯示妳有創作意欲。但老是想著像今天那種的故事情節，是沒辦法成爲職業作家的。」

那時是盛暑時節，沒有冷氣的店裡十分悶熱，透過全開的窗戶可以看見閒著沒事的年輕人聚集在廚房後面的空地上玩呼拉圈。原來我沒有寫作的才能啊……

儘管不想看，我還是盯著紅藍相間、不斷轉動的塑膠圈。突然，女服務生跟我說：「請問……」

女服務生的個子很小，卻梳著蓬鬆的頭髮，短裙底下穿著拖鞋。她摸著我身上的一片裙，詢問我布料是在哪裡買的。

當時我的手頭不是很寬裕，穿的衣服都是自己縫製。那塊綠底黃點的皺摺棉布是在道玄坂的舶來品店買的，一碼三百圓，價格便宜卻很有質感，是我當天才剛做好的新衣服，每個人都說好看，讓我十分自傲。

我得意地心想，原來她也喜歡，想照樣做一件啊，便愉快地寫下地址，順便畫地圖給她。不料她卻說之前在淺草買了相同的布料回去做窗簾，但尺寸弄錯布料不夠，再回去店家說已經賣完了，因此很困擾。

「搞了半天，原來是窗簾呀……」灰頭土臉的我畫著地圖，一旁的H先生則拚命忍住笑意。我心中又多了一道傷口。也不知道是否心緒太亂，我一不小心打翻咖啡，連新衣服都弄髒了。那天晚上回家立刻清洗裙子、連夜晾乾，隔天一早打開遮雨棚時不禁大叫出聲。晾乾的一片裙圖案居然變了樣，在綠底黃圓點的圖案下冒出深藍色的條紋，難怪賣得那麼便宜，根本就是將去年賣不出去的布料重新染色回鍋再賣。我當場呆立在那裡，兩個妹妹則是在我身後笑得直不起腰，聽起來就像在取笑昨天的我。

從此我不再出席「快撥一一〇」的聚會，改往廣播節目發展。之後也曾經做過DJ的節目企畫、當做過週刊記者、幫婦女雜誌寫寫雜文，轉了一大圈才又被電視圈所青睞，算算也過了十年光陰。

回到電視圈後，那天的創傷就像紅藍相間的呼拉圈，依然在我內心深處旋轉，從此我不再碰犯罪類的故事，自認寫寫家庭劇就算了，因此《七個孫子》邀我合作，《七名刑警》只是看看就好。至今風格未變。

雖不能說是峰迴路轉，但這條偶然看到的新聞報導，洗清了我十八年來的冤屈！當時好心的H先生如今人在何處、從事什麼工作呢？在這個消長激烈的業界，只見不斷有人來來去去、消失無蹤。我正打算找出舊賀年卡確認他的地址是否有變，突然腦海裡浮現那篇〈銀行前面有隻狗睡著了〉的文章。

假如我沒有記錯的話，那篇文章是一個外國人刊在英文報上的日文頭版報導。

一對已經退休、回到倫敦過著悠閒生活的外交官夫妻，聽到從外面剛回來的女傭說「太太，銀行前面有隻狗睡著了」，不禁笑個不停。

好幾十年前，夫妻倆曾到日本赴任。當時所學的日語課程中，就有跟這句話一模一樣的例句。夫妻倆還曾經討論過，既然是會話練習，難道沒有更適當的句子嗎？這種例句恐怕一輩子也用不上。抱怨歸抱怨，兩人還是勉強記住，沒想到卻在幾十年後眞的遇上了。

我的情形也是一樣吧。那天被大家取笑缺乏眞實性的情節，十八年後竟然發生了。銀行前面眞的有隻狗睡著了。

前幾天傍晚，我在丸之內的馬路上被三名像是美國人的觀光客用英文問路：「請問東京車站在哪裡？」

我用一口破英文回答：「這條路直走，在第二個路口右轉走到底就是了。」說到一半時，我又小聲叫了出來。

就在十年前，我曾在虎門的貝立茲（berlitz）語言中心學習英語會話。當時的加拿大老師最先教我的就是這句「請問東京車站在哪裡」的問答練習。

當時我覺得自己就住在東京，學這個例句一點用處也沒有，因此想學習更難的句子，比方說預約班機或訂飯店等立即能派上用場的例句，便用生硬的英語提出要求，但有些駝背、穿著高級西裝褲的老師卻斷然拒絕說：「會話最重視基礎。」

結果那一天的課，從頭到尾就是「請問東京車站在哪裡」的應用變化。由於一對一的上課學費較貴，我心中不免抱怨，這輩子哪會用到這種會話嘛。不料，十年後真的讓我遇上了。

銀行前面又多了一隻睡著的狗。

（ALL讀物／1978・2）

香港腳武士

應該是小學的時候吧，我曾看過一對男女的古裝廣告人坐在路邊的舊木頭上休息。

男的作武士裝扮，頭上戴著束髻假髮，女的則應該是驅鳥女大夫（注）裝扮，算是很典型的古裝廣告人扮相。兩人坐得有些開，是一對上了年紀的夫妻。男的脫掉襪套，一邊扳開腳趾縫一邊用嘴巴吹氣，塗白的臉上滿是皺紋，搽著鮮豔口紅的嘴噘得像束起來的布袋般用力吹氣。

「他跟爸爸一樣，正在吹乾香港腳。」我恍然大悟後又繼續觀察。這時一旁含著糖球、嘴巴不斷動著的女廣告人像驅趕雞隻或狗一樣地發出「噓」聲趕我走。

注：江戶時代，正月時節頭戴斗笠、彈奏三弦、演唱驅鳥歌的走唱女藝人。

兒時記憶就像沒有洗出來的照片，平常根本不知道收在哪裡，哪天不小心焦點一對上，就像拍立得相機一樣瞬間顯像，一張張地出現在腦海裡。或許是這個有香港腳的廣告人讓我在日常生活中看到「武士」，並留給我極深的印象，收在腦海中某個角落，有一天突然鮮明起來，給我靈感寫成一齣電視劇。

節目名稱是「星期天晚上八點要您歡樂」（ＴＢＳ），主要角色是一對在東京老社區開旅館的母女。製作單位意興風發地想結合戲劇和綜藝效果，推出新風格喜劇，我也加入幫忙寫腳本，左思右想的情節如下。

某一天突然——儘管電視劇通常都是以「某一天突然」開頭，但這天眞的是特別突然，因爲旅館大門口躺著一個武士。他一身流浪武士裝扮，帶著大小兩把配刀，不知道自己爲什麼出現在這裡，也不記得自己姓啥名啥，喪失了所有記憶。由於他後腦勺受了傷，旅館的人將他帶進屋裡照顧，但他始終吵著：「我不能留在這裡。」

說什麼傍晚之前一定要趕去某處，吃過蕎麥麵後還有要事待辦。至於是什麼要事，他就是不肯說，但表示是匡正天下大義的大事，還激動地說自己最後大概會切腹自殺。

住在旅館的人都大吃一驚，但最吃驚的莫過於武士本身。因爲他所見所聞都是驚天動地的新鮮事物，畢竟他是落後了一百五十年的古人。電燈、瓦斯、自來水、冰箱、電視、電話、縫紉機、音響……每看到一樣他就問：「這是什麼？」

然後感慨地喟嘆：「眞是奢侈至極，這樣日本早晚會滅亡！」

我說明到這裡，製作人鴨下信一先生高興地表示：「很有意思，就這麼寫吧。」

博學強記的鴨下先生，人稱他的字典裡沒有「不知道」這三個字。我私下聽說他所任職的電視台，平常的餘興節目就是選出三大音痴、三大外文、三大淫亂、三大家庭失和等人選；但我所見到的鴨下信一先生肯定能排名三大博學、三大家庭圓滿等榜單。

就連名列三大博學的人也拍案叫好，我不禁得意忘形起來：「我想透過武士的角度來看現代過剩的物質文明，以諷刺的手法憂心日本的未來，您看怎麼樣呢？」

「『憂國』之志嗎？有意思。」鴨下先生仍很有興趣要我寫成劇本，然後壓低聲音問。「那名武士……該不會是四十七武士（注）之一吧？」

注：以忠臣藏．赤穗四十七武士為主的復仇故事。

「您說得沒錯。其實他正在演出四十七武士的電視劇，不知道為什麼被馬踢到，喪失了記憶。腦海中只模糊記得要到蕎麥麵店集合進行復仇計畫，然後切腹自殺。」最後所有房客都來阻擋這名來不及赴會、亟欲切腹自殺的武士，正鬧得不可開交時，武士恢復了記憶。以上是我所記得的情節。

討論會議是在十一月中，預定播出是在十二月十四日前後的星期天，因此製作單位要求我「立刻開始執筆」。如果是現在，已有十年資歷、算是業界老鳥的我會漂亮地反問「飾演武士的演員是誰？沒有確定形象我沒辦法寫作」；但當時我才剛出道，只能乖乖地答應說「好」。鴨下先生一邊起身一邊對我說：「難得妳能想出這麼有趣的故事！」

我總不能承認說是小時候看見香港腳武士所產生的靈感，連忙堆起笑臉目送他離去。

其實也沒別的事好忙，應該立刻動筆寫才對。只因為情節有了，自然覺得安心，便以「慶祝」為名玩樂了一天；接著又說要「潤色人物性格」，繼續又玩樂了兩、三天；再來是「要仔細推敲」，又荒廢了兩、三天。最後終於接到製作人的來電。

「開始寫了嗎？」

「開始寫了。」

就像是被陷阱捕獲的貍貓，問答雙方都小心翼翼地攻防。

「寫了嗎？」

「寫了呀。」

「寫了幾張？」

「三張。」

俗話說「謊話中常出現三或八」；以我而言，說謊時肯定用到七、五、三，這是某位製作人統計的結果。或許是因爲小時候沒穿過七五三（注一）和服，至今仍懷恨在心吧。

明明半張都沒寫，每接到一次催稿的電話就自動增加完成頁數，但自己完全沒有說謊的意思。就像貝比・魯斯（注二）先指定球場一角再擊出全壘打一樣，等到我說已

注一：為慶祝兒童順利成長，於七歲、五歲、三歲時穿華服、吃千歲飴的日本習俗。

注二：貝比・魯斯（Babe Ruth,1895-1948），美國職棒選手，在二十二年大聯盟生涯中共擊出七一四支全壘打，這個紀錄直到一九七四年才被打破。

完成十張，沒有退路了，就一定寫出十張。我一定會寫的，我對自己的良心發誓——明明平常根本是無神論者。一掛上電話，心情一放鬆，又開始找藉口放縱自己。於是經過十天，劇本已經謊稱完成一半。「現在開始還來得及，只要有心就辦得到！」就在我邊幫貓咪梳毛邊這麼想時，電話鈴聲響了。是鴨下製作人打來的。

「妳看到電視了嗎？」來自公共電話的聲音顯得十分急迫。

「沒有。」一聽到我如此回答，對方只說了一句「馬上打開來看」便掛斷電話。平常很冷靜的他，難得有如此行爲。我趕緊遵命，打開電視頻道。一名穿著軍服、綁著頭巾的男人占滿了整個電視畫面，不知道在叫囂些什麼。

就是那個有名的事件（注）。

那一晚的討論會議，沒有喝酒是無法進行的。「憂國」和切腹居然成眞了。明知道是湊巧，心情卻很亢奮，身爲作者的我和製作人則是嘆聲連連。

「看來播出會有問題吧？」

「應該不太好吧。」

「那就當作沒有這回事好了。」

那還用說，我用力點頭接受。

「其實妳一張都沒寫吧！」

敵人果然早就料到了。

那一晚深夜，我從書櫃裡抽出一本書翻閱。書名是《算命百科》（一九六四年出版、鶴書房）。那是一本包含面相、手相、九星等各算命法的實用書，幾年前我爲了寫以干支爲主題的廣播劇而買的，當時是在神田的舊書店找到這本書。我帶著好玩的心態拿朋友的生辰八字一算，居然很準，今天便突然想拿來測試那個戲劇性死亡的人的命運，雖然已經太遲了。

在市谷切腹自殺的那個人，生於大正十四年（一九二五）一月十四日。

我翻開了《算命百科》的占星術篇。

一月十四日，屬於「魔羯宮」，這個星座的運勢如下：

魔羯宮的支配期，是一年之中白天最短、最寒冷黑暗的日子，這一點也充分地顯

注：指的是一九七〇年十一月二十五日三島由紀夫的切腹事件。

現在命運和個性上。擁有堅強意志和不妥協的執行力，假如能充分發揮該特質，可成為大事業、大計畫的指導人與執行者。

但因為志向過於遠大，無暇顧及日常生活瑣事，不能做出合理的安排，往往由於不知節儉，在失敗落魄時，因為收入減少入不敷出，而無法東山再起。

獨立心旺盛，卻也容易支持奇怪的學說、思想；對於社會問題，也偏好支持弱勢的一方。

調查此一時期出生的歷史人物，固然有偉人、大實業家、大富豪、文豪、科學家、名將等，但不得其志鬱鬱寡歡而窮死者亦不在少數。由於對自己的缺點太過敏感，凡事若有觸及便表現得缺乏自信；又因為太有責任感，一旦犯錯便容易神經質，產生自暴自棄、玉石俱焚的傾向。

長期無緣相見的人，一旦開始有了接觸，日後就常有碰面的機會。記憶也有類似之處，我的香港腳武士之後也經常浮現腦海。

第一次因爲不幸的偶然而無法重現天日。就在我很想讓充滿人情味的武士出現在電視畫面時，電視台問我有沒有興趣寫「清水次郎長」（注一）的劇本。

我雖然很想寫，卻苦於平常對古裝劇沒有研究。次郎長有二十六名還是二十八名得力手下，我努力回想也只記得森石松、大政或小政、法印大五郎而已。於是我試探性地提問：「假如我只能寫成像現代連續劇少了電器製品、新幹線而已，那也可以嗎？」對方竟答應了。老實說，我也想趁這個機會寫出某個場面。

就是次郎長家族的海水浴。

從容易「製造」流氓的地點來思考，應該可分爲港口和生絲產地兩種。開場台詞「赤城山只限今宵」的忠次老大（注二）出身上州，屬於織品產地；次郎長則是清水港。兩地各有職工和漁家，而一年裡總有好幾次巨款流動的城市少不得會開設賭場。換句話說一個是山上的流氓，一個是海邊的流氓。山上的流氓應該有不少舞動鐵鎚的兄弟吧？清水次郎長是個很會動腦筋的人，既然肯學英文，也在晚年開設英語私塾，他若知道手下有人不會游泳應該不會默不作聲吧？讓他在三保松原的沙灘上訓練手下游泳，應該不會太奇怪吧？

注一：即山本長五郎（1820-1893），幕府時代末期的流氓義俠。

注二：即國定忠次（1810-1851），江戶時代末期的流氓義俠。

會游泳的人穿白色丁字褲，不會游的人穿紅色丁字褲。

桶屋鬼吉承認自己不會游泳，卻被周遭的人威脅說「你是桶屋，就應該浮得起來才對」，硬是被穿上白色丁字褲，搞得差點沒了半條命。

暖身後，眾人一起下水，正進行實地訓練時，聽見海邊有人尖叫。原來是次郎長的老婆阿蝶被襲擊了，她坐在岸邊幫大家看守解下來的配刀。這下子手無寸鐵、身上只有白色紅色丁字褲的手下們該如何應戰——接下來的發展我還沒想到，但製作人聽到這裡已經捧腹大笑。

「很有意思，就這麼寫吧！」

製作人的說法跟那個時候一樣，我有些介意；不過故事內容既非切腹，這一次應該沒問題才對，於是我去買了一堆《流氓的歷史》等書，一邊研究一邊寫了幾集劇本。我對古裝劇不熟，因此劇本中寫到「石松推開門衝出門外（注）」而鬧出笑話也是在此一時期。

然而說好要播出的「次郎長家族海水浴」卻始終沒有實現。一再被「下一季再播」的藉口無限期延後，我終於忍不住問清事情原委，原來是演員湊不攏。

飾演清水次郎長的是竹脇無我，主要手下也都是當紅的演員，大約每集搭配三、五人出場，但要湊齊他們全部卻很難。據說製作人只好不斷提高酬勞來安撫他們，但事後演員都很不高興地表示當初眞不該看在酬勞高而接戲。

凡事有一就有二，有二必有三，因此我打算不再以香港腳武士的靈感寫電視劇本，而是認眞地回想當年種種。

記得我看見那個廣告人，是在目黑的油面小學旁。學校隔壁是一間西點麵包店，我很想吃那家店賣的咖哩麵包。母親說哪一天她睡晚了來不及做便當就讓我買來吃，讓我好生期待；偏偏母親從來都不會晚起，每天都做好便當讓我帶去上學。

當時我是個清瘦、眼睛很大的女孩，據說還曾經宣布：「長大以後要嫁給書店老闆。」

而今眼睛大小沒有改變，身材卻中廣了起來，沒有嫁人，靠著寫電視劇本糊口度日。我宣布未來志願的時候，世界上還沒有電視這個名詞。

（ＡＬＬ讀物／1979．9）

注：因為以前是紙門，動詞應該用拉開才對。

橡皮擦

我的身上壓著一塊很大的橡皮擦。

起初橡皮擦像塊榻榻米那麼大。我若想推開應該也辦得到，只因我喝醉躺在沙發上，正打算拿床毯子來蓋，柔軟的橡皮擦重量剛好，讓我不捨得推開。而且感覺上橡皮擦的消毒藥水味也能幫我去除剛剛在喧鬧狹窄的小酒館裡被熏得滿身酒臭、菸味、炒豬肝和烤柳葉魚等等的味道。

壓在身上的橡皮擦，變得跟軟綿綿的彈簧床墊一樣大。感覺有些重，但這個重量反而讓我有種愧疚的快感。就像白天盡興游過泳的夜晚，睡覺時累得連一根小指頭都不想動的甜美痠痛感覺。

我聽見貓的叫聲，是我所養的貓。爲什麼在這三更半夜叫得那麼大聲呢？夾雜在貓叫聲中，我還能聽見「嘶、嘶」的聲響。有人在噴髮膠，是誰呢？住在同一棟公寓裡的女公關，總是半夜一點過後才回家，一進門便立即拿吸塵器打掃，肯定是她沒錯。前幾天下大雨的夜裡，她和送她回家的男人起了爭執，我看見身穿白色和服的她呈大字形跟男人在濕答答的黑色地板上扭打。當時她用髮膠固定的頭髮倒是文風不動。不過話又說回來，這個房間裡怎麼聽得到三層樓上的噴髮膠聲呢？

壓在我身上的是白色四角形的橡皮擦。由於我的父母做事方方正正、一板一眼，報紙一定看朝日，牛奶糖絕對買森永，因此橡皮擦也只幫我們買傳統樣式。我很羨慕同學那種附有刷子或是長方形染成兩種顏色的橡皮擦。長方形的一半是白色；另一半是摻有細沙、質地較粗的灰色橡皮擦，用力擦筆記本或考卷時，會把紙張給擦破，用在圖畫紙等較粗糙的紙張就能將錯誤修得很乾淨。

還有一種肥皂橡皮擦。

這種橡皮擦就像堅硬的淡黃色泡沫，帶有一點濕氣，很容易消耗，會像用絲瓜布刷身體一樣產生許多黑色捲曲的汙垢。我還記得由於同學喜歡把這種橡皮擦屑捏成團互射，最後被老師斥責，規定在學校裡不准使用肥皂橡皮擦。

然而壓在我身上的卻是白色的四方形橡皮擦。雖然我眼睛閉著，房裡的燈也關了，我仍能看見白色橡皮擦在房間裡逐漸脹大，最後塞滿了房間，還拚命往天花板擠。早知如此就應該打開窗戶才對，這樣子烤過發脹的白色年糕就會像打噴嚏時的氣泡一樣往外跑了。

貓叫聲和噴霧聲雖然變遠了，卻還是吵個不停。好冷呀，我明明一回家就打開了煤氣暖爐，爲什麼溫度一點都沒有上升呢？

直到這時我才發現情況不妙。瓦斯漏氣了，我心想該有所行動才對，但身體不聽指揮。膨脹的橡皮擦甚至擠進了我的指縫，逐漸增加重量，將我深深壓在沙發上動彈不得。儘管如此，我卻有種即將融化的舒適感。

朋友之中有人因瓦斯中毒而身故，那是誰呢？當初曾經爲了因應這種狀況而請教過應變措施，現在卻完全想不起來。心想至少得先睜開眼睛才行，可是眼皮像是被強力膠黏住一樣，不管怎麼使力就是睜不開來。

再這樣子下去會死的，我一邊恫嚇自己，耳邊卻有另一個自己出來說：妳正在作夢。夢中妳作了一個瓦斯中毒的夢。過去不也有過類似的情況嗎？繼續睡下去就沒事了，就當作是夢中夢吧，不然浪費了融化般難得的舒適感豈不可惜！

最後我費盡渾身力氣推開壓在身上的橡皮擦，起身打開窗戶呼吸新鮮空氣，然後屏住呼吸回過頭關上瓦斯。我們家的暖爐是由上按下的點火式開關，大概是正值年輕氣盛、活潑好動的貓不小心又按了一次，把火給熄滅了造成瓦斯外洩。

我將家中所有窗戶打開，整個人彎身探在窗口猛吐。貓也跑到走廊上嘔吐了。深呼吸之後，感覺空氣就像醒酒的涼水一樣可口。時間已是清晨四點鐘。

那一天到了傍晚頭還覺得痛，腦袋像是套著塑膠袋一樣，聽別人說話都像隔著一層膜，不是很清晰。好不容易到了傍晚才有食欲，爲了準備晚餐從菜籃裡拿出高麗菜，剝開外面第一張爛掉的菜葉時，從中飄出了瓦斯味。攤開抽屜裡摺疊好的手帕也是一樣，打開皮包裡的零錢包也充滿了瓦斯味。

眞正開始感覺到害怕，則是在事後。

（別冊文藝春秋／1978・春季號）

結語

這是我第二本散文集。

說是散文集聽起來很好聽，其實是包含了從十年前開始寫起的雜文，當初也沒想到會出書。

其中一篇標題「沉睡的酒盅」直接引用自我的錯誤記憶。我將〈荒城之月〉中的一段歌詞「傳盃勸盞月影斜」誤記爲「沉睡酒盅月影斜」。我生性粗心大意又懶惰，居然能靠寫作維生，連自己都覺得是個天大的錯誤，因此左思右想之餘認爲這是個挺合適的標題（編按：以上是作者對原文書名的解釋，中文版已更名爲《女兒的道歉信》）。

有些本末倒置了，應該先表達謝意才對。對於講談社的大村彥次郎先生、高柳信子小姐兩年多的費心，眞不知該如何言謝。加上答應爲新書設計封面裝幀的司修大師，謹在此表達衷心的謝忱。

向田邦子

一九七九年十月

國家圖書館出版品預行編目資料

女兒的道歉信／向田邦子原作；張秋明譯.
-- 四版. -- 臺北市：麥田出版：家庭傳
媒城邦分公司發行, 2023.10
面；　公分. --（和風文庫；07）

ISBN 978-626-310-516-4（平裝）

861.67　　112011090

和風文庫 07

女兒的道歉信

原　　作　向田邦子 MUKODA Kuniko
譯　　者　張秋明
責任編輯　楊詠婷（一、二版）、謝濱安（三版）、吳貞儀（四版）
封面設計　蕭旭芳

國際版權　吳玲緯　楊　靜
行　　銷　闕志勳　吳宇軒　余一霞
業　　務　李再星　李振東　陳美燕
總 編 輯　巫維珍
編輯總監　劉麗真
發 行 人　涂玉雲
出　　版　麥田出版
　　　　　地址：10483台北市中山區民生東路二段141號5樓
　　　　　電話：(02)2500-7696　傳真：(02)2500-1966
發　　行　英屬蓋曼群島商家庭傳媒股份有限公司城邦分公司
　　　　　地址：10483台北市中山區民生東路二段141號11樓
　　　　　網址：http://www.cite.com.tw
　　　　　客服專線：(02)2500-7718；2500-7719
　　　　　24小時傳真專線：(02)2500-1990；2500-1991
　　　　　服務時間：週一至週五09:30-12:00；13:30-17:00
　　　　　劃撥帳號：19863813　戶名：書虫股份有限公司
　　　　　讀者服務信箱：service@readingclub.com.tw
香港發行所　城邦（香港）出版集團有限公司
　　　　　地址：香港灣仔駱克道193號東超商業中心1樓
　　　　　電話：+852-2508-6231　傳真：+852-2578-9337
馬新發行所　城邦（馬新）出版集團【Cite(M) Sdn. Bhd. (458372U)】
　　　　　地址：11, Jalan 30D/146, Desa Tasik, Sungai Besi, 57000 Kuala Lumpur, Malaysia
　　　　　電話：+603-9056-3833　傳真：+603-9056-2833
　　　　　電郵：services@cite.my
麥田部落格　http://ryefield.com.tw
印　　刷　中原造像股份有限公司
初版一刷　2007年1月
四版一刷　2023年10月
售　　價　380元
ISBN：978-626-310-516-4
ESBN：978-626-310-519-5（EPUB）

城邦讀書花園　Printed in Taiwan
www.cite.com.tw　本書如有缺頁、破損、裝訂錯誤，請寄回更換